O bafo do DRAGÃO

E. D. Baker

O bafo do DRAGÃO

Tradução
ALVES CALADO

JOSÉ OLYMPIO
EDITORA

Título do original em inglês
DRAGON'S BREATH

© *E. D. Baker, 2003*
1ª edição publicada pela Bloomsbury Publishing Plc., Inglaterra

Reservam-se os direitos desta edição à
EDITORA JOSÉ OLYMPIO LTDA.
Rua Argentina, 171 – 1º andar – São Cristóvão
20921-380 – Rio de Janeiro, RJ – República Federativa do Brasil
Tel.: (21) 2585-2060 / Fax: (21) 2585-2086
Printed in Brazil / Impresso no Brasil

Atendemos pelo Reembolso Postal

ISBN 85-03-00929-3

Capa: ISABELLA PERROTTA / HYBRIS DESIGN

CIP-Brasil. Catalogação-na-fonte
Sindicato Nacional dos Editores de Livros, RJ.

B142b
Baker, E. D.
    O bafo do dragão / E. D. Baker; tradução de Alves Calado. – Rio de Janeiro: José Olympio, 2006.

    Tradução de: Dragon's breath
    ISBN 85-03-00929-3

    1. Literatura infanto-juvenil. I. Alves-Calado, Ivanir, 1953-. II. Título.

06-0228
CDD – 028.5
CDU – 087.5

Este livro é dedicado a Ellie, Kimmy, Nate e Emiko.
Também quero agradecer a Victoria Wells Arms
por fazer as perguntas certas.

Um

Quando eu era pequena sonhava em ser uma bruxa como tia Gramina. Imaginava que na próxima vez em que um pajem me mostrasse a língua eu iria balançar os dedos e transformá-lo numa salamandra. Se a aia pegasse no meu pé por causa de terra nas roupas, eu diria uma palavra mágica e a voz dela viraria o chiado de um pardal. Se minha mãe me desse uma bronca por ser desajeitada e me mandasse para o quarto, eu balançaria a mão banindo-a para alguma caverna distante guardada por monstros gigantes. Nunca fiz essas coisas, claro, mas me consolava pensando que algum dia todo mundo que tivesse feito alguma coisa ruim comigo iria lamentar. Algum dia eu seria uma feiticeira, e ninguém ousaria dizer que eu não era inteligente, bonita ou graciosa como uma princesa deveria ser.

Ultimamente decidi que esses sonhos eram perda de tempo. Apesar de minha avó e minha tia serem feiticeiras, mamãe odiava a magia e deixava isso claro para todo mundo. De acordo com ela, nenhuma princesa que se prezasse iria se interessar por magia. Ameaçava me mandar para um convento se ao menos me visse tentando.

— As freiras ensinam você a ficar ocupada demais e a não pensar nesses absurdos — disse mais de uma vez.

Se não fosse tia Gramina eu poderia ter desistido totalmente do sonho, mas ela falava que eu tinha um talento que não deveria ser ignorado. Decidi não contar a mamãe que planejava estudar magia, e as tentativas permaneceram segredo entre minha tia e eu.

De certo modo, mamãe era responsável por toda a diversão da minha vida. Como ela nunca parecia me querer por perto, freqüentemente eu ia até o pântano ou aos aposentos de minha tia na torre. Então, quando mamãe tentou me casar com um príncipe que eu não suportava, me escondi no pântano, não querendo encontrá-lo. Ali conheci Eadric, um príncipe transformado em sapo. Acabei beijando Eadric, e esse beijo *me* transformou numa sapa também.

Na manhã depois de voltar para casa como humana, fiquei ansiosa para treinar magia, nem que fosse para ganhar mais controle sobre minha vida subitamente louca. Nunca havia aprendido a cozinhar, por isso pensei em usar um feitiço para fazer o café da manhã para Gramina e meu amigo ex-sapo, o príncipe Eadric. Escolhi a receita num dos livros de Gramina, *O grande livro de receitas, poções e feitiços de cozinha de Volanda para a bruxa inexperiente* — "testado pelo tempo, aprovado pelas feiticeiras". Era um feitiço simples, que até eu poderia fazer.

Depois de pegar uns ovos de pavão na cozinha, subi correndo a escadaria da torre até os aposentos de titia. Como costumava preparar suas próprias refeições, ela possuía tudo de que eu precisava. Segundo as orientações, bastava juntar os ingredientes que o feitiço de cozinha faria o resto.

Fê Didinha, uma morcega que tinha ficado minha amiga nos dias que passei como sapa, me recebeu à porta. A sala estava silenciosa; provavelmente minha tia continuava dormindo.

Tinha decidido usar o caldeirão mágico de Gramina. Feito de ferro, e preto de tão velho, ele se esquentava sozinho até a comida ficar pronta. Eu nunca tinha visto Gramina queimar nada quando o usava, e esperava que o mesmo acontecesse comigo.

Olhando do caldeirão para o livro e do livro para o caldeirão, tive o cuidado de ler o feitiço em voz alta, exatamente como estava escrito.

Uma pitada disso, e daquilo um pouquinho
Um pingo de gordura, um tiquinho de toucinho
Um ovo quebrado. Não, que sejam três
Um não basta, como vêem vocês.

Jogue os ingredientes num caldeirão.
Com um pouco de tempero, não um montão.
Pique uma cebola, e pode jogar.
Mexa tudo, mexa sem parar.

Esquente a panela até cozinhar.
Cheire, veja, sinta o paladar.
Pegue os pratos, pode pôr.
E porções generosas, por favor!

Os feitiços de cozinha são divertidos de espiar, mas eu gostei ainda mais de olhar para Fê. Ela riu quando os ovos se partiram sozinhos e pularam no caldeirão. Ouvi-a soltar um som ofegante quando as cebolas se picaram em pedaços pequenos, depois espiralaram na mistura com os temperos.

Quando li *cheire*, o vapor que subia dos ovos chegou ao meu nariz, passando pelo de Fê.

— O cheiro é bom — disse ela, respirando fundo. — O que vai fazer agora?

— Vou provar, só para garantir que está gostoso. Depois vou convidar Gramina e Eadric para o desjejum.

Apesar de ter usado apenas três ovos, a receita mágica os havia duplicado, de modo que havia mais do que o suficiente para todo mundo. Imaginando se teria duplicado os temperos também, mordisquei um pedacinho. Precisava de sal, por isso olhei para as prateleiras onde ficavam os suprimentos de titia. Havia um pequeno saleiro na prateleira de cima, ao lado dos frascos de ervas secas. Satisfeita com o sucesso do feitiço de cozinha, apontei para ele e disse: "Sal", esperando que o saleiro voasse para as minhas mãos. Direto e simples — não pensei que algo pudesse dar errado.

Dois

Uuuch! Uma brisa úmida me arrancou do banco onde eu estava sentada, me fez girar até ficar tonta e me colocou em cima de um saco volumoso em algum lugar frio e escuro. Atordoada, balancei a cabeça e olhei em volta. Pelo menos eu sabia onde estava: na masmorra dos meus pais. E a porta certamente estava trancada.

Visitara a masmorra freqüentemente, mas sempre vestida com roupas grossas e levando uma tocha. Não era seguro andar por ali no escuro. Mãos invisíveis moviam barris, buracos apareciam onde não havia nenhum e portas com centenas de anos sumiam subitamente. Feiticeiras tinham vivido no castelo durante gerações, e aqui, onde as primeiras bruxas tinham montado suas oficinas, a magia tinha permeado as paredes e ainda flutuava em fluxos e refluxos com cheiro de legumes podres.

Minha mãe, que não era feiticeira, tinha ordenado que o porão fosse limpo e agora o usava como depósito. Mas os fantasmas das bruxas continuavam a assombrar a velha masmorra, e nem todos eram amigáveis. Minha mãe não acreditava em fantasmas e guardava o sal no cômodo onde eu estava agora, uma sala comprida e estreita que fora usada como câmara de tortura. Por que fui pedir sal para os ovos?

A câmara de tortura não tinha janelas; nem mesmo o brilho mais débil mitigava o negrume. Pensei em usar a magia para voltar para cima, mas não sabia nenhum feitiço que me levasse de um lugar a outro. Mesmo querendo treinar magia, não achava que estivesse pronta para bolar meus próprios feitiços, especialmente porque fora um feitiço simples que havia me levado à masmorra. Para sair em segurança eu precisava de algum tipo de luz. Uma luz-das-bruxas serviria, mesmo sendo vulnerável à magia antiga que soprava na masmorra.

Um dos primeiros feitiços que Gramina me ensinou foi para criar uma luz dessas. Eu o tinha usado muitas vezes, mas somente quando ela estava por perto. Recitei o feitiço, juntando as mãos como se estivesse segurando uma bola.

> Crie um brilho para afastar o escuro,
> Uma luz que me ajude a enxergar.
> Nem vento, nem chuva ou neve
> De mim poderá arrancar.

O espaço entre minhas mãos começou a luzir com um tom de rosa enquanto uma bola de luz suave tomava forma. Soltei a bola, que pairou acima da minha cabeça.

Tinha começado a andar para a porta quando um sussurro às minhas costas me fez girar. Uma névoa em redemoinho, brilhando num tom azul fraco, jorrou por um buraco na parede. Enquanto a névoa enchia o cômodo, apareceu uma moça perto de mim, com as tranças compridas se erguendo numa brisa inexistente. Ela me espiou com os olhos sombrios, as mãos se estendendo como se implorassem. Uma aura fria como noite de inverno a rodeava, provocando arrepios à medida que ela se aproximava. Seus lábios se moveram de novo, e eu me esforcei por escutar a voz.

— Desculpe — falei, inclinando a cabeça para ouvir melhor. — Pode repetir?

O fantasma suspirou e baixou os braços ao longo do corpo.

— Então preste atenção desta vez — gritou ela. — *Odeio* ficar repetindo. Eu falei: "Me ajude, me ajude, me salve. O carrasco está chegando e eu não fiz nada errado" — disse ela num tom casual, como se recitasse uma fala que repetia freqüentemente.

— Tarde demais! — disse uma voz perto da parede mais distante. — Eu já estou aqui!

Um fantasma de peito largo, todo vestido de preto, materializou-se à nossa frente. Seus olhos luziam vermelhos através de buracos no capuz que cobria a cabeça. Em silêncio, o carrasco levantou um machado com a lâmina manchada de sangue escuro. A moça gritou e começou a correr. Fechei os olhos. Quando os abri, a cabeça dela estava no chão, olhando numa reprovação silenciosa.

— Foi bem legal — falei. — Mas funciona melhor quando você atrasa a entrada, Cranston. É mais eficaz quando Margreth me convence primeiro de que é inocente.

— Desculpe — disse o carrasco. — Nós dois estamos meio chateados hoje. Ultimamente tivemos muitos visitantes, batendo os pés com botas pesadas e enfiando tochas nos cantos escuros.

— Por que eles estão vindo aqui? — perguntei.

Cranston deu de ombros.

— Devem estar procurando alguma coisa. Nós fazemos muito melhor a cena de tortura. Quer ver? É mais realista.

— Não, obrigada — falei, jamais tendo gostado das hediondas representações históricas feitas por alguns fantasmas. — Estou muito ocupada hoje de manhã.

Os fantasmas desapareceram, me deixando sozinha de novo. Estava entrando no cômodo ao lado quando minha luz-das-bruxas diminuiu tanto que mal dava para enxergar. Alguma coisa raspava o chão de pedras como um monte de garras de metal. Dei mais um passo, esperando levar a luz para longe do poço de magia que havia abafado seu brilho.

Uma grande forma surgiu do escuro, com os olhos vermelhos e luzidios sem piscar. Se eu não tivesse encontrado aquela criatura antes, ficaria aterrorizada, mas Gramina tinha me mostrado como lidar com ela numa das minhas primeiras visitas. Era um monstro de sombra deixado por um dos meus ancestrais e podia ser mortal para qualquer um que não conhecesse seu ponto fraco. Dei mais um passo entrando na sala, e a criatura atacou. Estava quase em cima de mim quando me desviei e bati entre seus olhos com o punho fechado. Como os olhos eram seu único ponto vulnerável, a fera de sombra ganiu e fugiu para a antiga câmara de tortura.

Dei outro passo hesitante, não me importando em cair num poço sem fundo ou pisar numa serpente mágica criada por algum feitiço antigo. Minha luz-das-bruxas ficou mais brilhante, clareando os nichos escuros. Eu estava na metade do cômodo quando uma claridade fraca surgiu na beira de uma porta, delineando-a numa luz azul e fantasmagórica. A luz pulsava e oscilava, parecendo atravessar a própria porta. Ficou mais forte à medida que se aproximava, finalmente assumindo a forma de um homem mais alto do que a média, com cabelos brancos que iam até os ombros e feições belamente cinzeladas. Apesar de a imagem permanecer translúcida, eu o reconheci imediatamente.

— Vovô, o senhor voltou! Pensei que ainda estava longe, cuidando de assuntos fantasmagóricos. — Sorri para os buracos onde seus olhos deveriam estar.

Dedos úmidos tocaram minha mão; o cheiro de couro velho ficou mais forte.

— Querida Emma! — respondeu ele com um sopro de ar gelado acariciando meu rosto. — Desculpe ter ficado longe por tanto tempo. A reunião do Conselho dos Fantasmas parece ficar mais longa a cada ano. Ouvi dizer que você também esteve fora. Gramina me falou alguma coisa sobre um sapo e um príncipe. Você me faz lembrar sua avó. Ela também vivia fazendo coisas inesperadas. Ainda faz, pelo que ouvi dizer. Você até se parece com ela, de certa forma.

— O quê? — Fiquei horrorizada ao pensar numa semelhança com minha avó, mesmo que num detalhe mínimo. Apesar de ter o nariz grande do meu pai, sempre ouvi dizer que, por causa da altura acima da média, do cabelo castanho-avermelhado e dos olhos verdes, eu me pareço com tia Gramina. Esta foi a primeira vez que alguém me comparou com a vovó. Seu nariz comprido e adunco, o queixo pontudo, os olhos pequenos, as verrugas e o cabelo branco desgrenhado bastavam para me apavorar, de modo que eu não podia sequer imaginar que *alguém* quisesse se parecer com ela. Pelo menos ninguém jamais tinha me acusado de agir como a vovó.

— Olivene nem sempre foi como é agora. Era bem bonita quando me casei com ela, e era a mulher mais doce e gentil do mundo. Sua avó só mudou quando sua mãe e sua tia Gramina estavam quase adultas.

— O senhor está falando da maldição da família, não é?

— Então você ouviu a história de como a primeira Bruxa Verde, Hazel, insultou uma fada?

Eu tinha ouvido, sim. Hazel estava fazendo 16 anos e não tinha buquês de sempre-vivas suficientes para dar a uma das fadas. A fada ficou com raiva e pôs uma maldição em Hazel: se algum dia ela tocasse numa flor, ficaria feia como minha avó era agora. Tia Gramina disse que a maldição ainda era forte e que qualquer mulher de nossa família que tocasse uma flor depois dos 16 anos se transformaria numa criatura medonha.

— Ah, sim — falei.

— E acredita?

— Acredito, claro. Por que não acreditaria?

— Porque sua avó não acreditava, pelo menos até que aconteceu. A mãe dela tinha evitado flores durante toda a vida, mas Olivene achava a mãe maluca, por isso não acreditava nas histórias sobre a maldição. Depois de ser transformada, sua avó não se importou o bastante para fazer alguma coisa a respeito, a não ser me mandar para a masmorra.

— Foi assim que o senhor veio parar aqui?

Um suspiro fantasmagórico roçou meu ouvido.

— Antes da mudança, Olivene vivia reclamando de que eu nunca mais a levava a torneios ou bailes nos reinos vizinhos. Eu não sabia que ela queria ir! Achava que ela era feliz criando nossas meninas e cuidando do castelo. Ela vivia ocupada com suas mágicas. Quando sua avó disse que se eu a amasse seria mais atencioso e traria presentinhos, tentei agradá-la.

— Quer dizer que foi o senhor quem deu as flores que a transformaram em...

— É, fui eu. Nunca tinha ouvido falar da maldição, mas a ignorância não é desculpa. Depois de ganhar as flores e ser transformada, ela usou sua magia para me mandar para a masmorra durante alguns dias. Depois disso eu poderia sair a qualquer momento, mas gostei da paz e do silêncio.

Dava para entender por que ele quis ficar na masmorra. Eu tinha ouvido minha mãe e minha tia contar como elas brigavam quando eram jovens. E, se vovó era tão má quanto agora, a masmorra devia ser o melhor lugar do castelo.

— Não vejo sua avó há anos, mas o engraçado é que sinto falta dela. Mas vi sua mãe um dia desses. Ela passou para ver se você estava aqui. Lamento dizer que Chartreuse não costuma vir com freqüência. Por que ela estava procurando você na masmorra?

— Talvez porque não conseguiu me encontrar em nenhum outro lugar. Eu beijei um sapo chamado Eadric no pântano. Aí virei sapa também. Quer dizer, até ontem. Foi quando eu o beijei de novo usando minha pulseira de reversão de feitiço e nós dois viramos humanos de novo. Eadric é um príncipe e quer se casar comigo, mas eu disse que a gente precisava esperar para ver.

— Você o ama? Sua mãe diz que o amor não é essencial no casamento, mas na verdade é, você sabe. Quando éramos jovens, eu amava muito sua avó.

— Acho que amo, de certa forma — falei. Só não sabia se amava o bastante, depois de ver o quanto Gramina amava seu noivo Haywood. Ele estivera desaparecido durante anos; minha avó o tinha transformado numa lontra. — Mas ainda não estou pronta para o casamento. Primeiro quero estudar magia. Ontem à noite tia Gramina disse que se eu trabalhar bastante poderei algum dia ser a Bruxa Verde.

— Como sua avó antes dela.

— Vovó já foi a Bruxa Verde?

— Antes de a maldição acontecer, ela era a bruxa mais gentil e mais poderosa que existia por aqui. Esses são os requisitos para ser a Bruxa Verde. — Vovô flutuou até meu lado quando me virei para a porta. — Bem, como você veio parar aqui? — perguntou ele.

— Nós íamos à Comunidade do Retiro das Bruxas Idosas esta manhã, para ver vovó e pedir que ela transformasse Haywood de volta em humano. Ela quer mais netos, e meus pais não vão ter outros filhos, por isso acho que vai concordar. Mas primeiro eu quis fazer um desjejum especial.

— Tem certeza que é sensato pedir ajuda à sua avó? Ela é uma mulher teimosa. Vocês vão ter dificuldade para fazer com que ela mude de idéia em relação a Haywood.

— Até ela tem de ver como Gramina e Haywood se amam.

Estávamos passando por um corredor comprido e eu podia ver na outra extremidade a escada que saía da masmorra.

— *Uuu Uuu Uuu U!* — uivou uma voz. — Estou sentindo cheiro de uma donzela com cabelos cor de fogo...

— Corta essa! Você não pode sentir o cheiro da cor do cabelo dela! — disse uma voz mais velha e menos refinada.

— Eu estava sendo poético! — disse a primeira voz. — Você deveria ter me deixado terminar!

— Ah, então vá em frente. O que ia dizer?

— Agora esqueci! E é uma pena, porque ia ser lindo!

A voz ficou mais fraca.

À medida que os fantasmas se aproximavam, a temperatura do cômodo caiu ainda mais.

— Acho que não conheço esses fantasmas — comecei. — Eles parecem... ah... *Ah... ah-tchim!*

Eu soube imediatamente que o espirro não era comum. A coceira que havia começado no nariz encheu a cabeça e depois desceu pelo pescoço e penetrou no corpo todo. Senti um tremendo calor, depois um frio. De repente a pele estava sensível às correntes de ar que atravessavam a masmorra, e eu podia ouvir claramente o som dos ratos correndo atrás de portas fechadas.

— Minha nossa, menina! — disse meu avô. — O que aconteceu com você?

— Não sei — falei levando a mão ao nariz que coçava, mas para minha surpresa o nariz não estava ali. — Acho que... — Dei um tapinha no rosto, então passei as mãos pelo topo da cabeça, sentindo a pele lisa, úmida, sem cabelos. — Não acredito! Virei sapa de novo! O que há de errado comigo, vovô? Não consigo fazer nada direito? Eu... eu... *A-tchim!* — Dei um espirro explosivo e de repente estava normal de novo.

— Você está bem, Emma?

Ajeitei o cabelo, feliz por tê-lo de novo.

— Acho que estou. Mas por que me transformei com o espirro?

— Nisso não posso ajudar. Não entendo muito de magia.

Tínhamos chegado ao fim do corredor e começado a subir a escada quando senti a coceira de novo. Não querendo virar sapa, apertei o nariz. Quando a ânsia de espirrar passou, afastei a mão do rosto e falei:

— É melhor eu ir antes... *A-tchim!* — Eu tinha soltado apenas por um tempinho, mas bastou. Virei sapa de novo.

— Quem sabe, se espirrar outra vez — disse vovô —, você se transforma de volta?

Não era difícil. Respirei fundo e senti a coceira no nariz. O espirro estava chegando e ia ser dos grandes!

— *A-tchim!*

Voltei ao tamanho e à forma de sempre, mas a coceira não acabou.

— *A-tchim!*

Meu estômago deu uma reviravolta quando virei sapa de novo. Mudanças demais, muito depressa. Eram mais do que eu poderia suportar.

— *A-tchim!*

No instante em que virei humana de novo, grudei a mão no rosto e apertei o nariz com tanta força que doeu.

— Aqui! — disse vovô estendendo a mão através da porta para destrancá-la. — Vá antes que se transforme de novo! Eu amo você de qualquer jeito, mas prefiro ter uma neta humana a uma sapa!

Três

Enquanto subia correndo a escada em caracol até a torre de Gramina, tentei pensar num modo de usar a magia para acabar com as transformações sapídeas. Estava chegando ao patamar, quando notei que a porta da sala de minha tia estava aberta. Lá dentro, vi Gramina e Haywood sentados no banco da janela. Era óbvio que o amor dos dois era forte como sempre. Desde a primeira vez em que pude lembrar, os olhos de titia estavam tão felizes quanto seu sorriso.

Gramina se virou para me olhar quando entrei na sala.

— Aonde quer que você tenha ido — disse ela —, deve ter sido tremendamente importante, para afastá-la antes do desjejum. O cheiro está delicioso. Obrigada por ter feito.

— Precisava de sal — falei. — E tentei usar magia para pegar. Apontei para o saleiro, falei "sal" e fui parar na masmorra.

Haywood piscou para mim e sorriu.

— Essas coisas acontecem — disse ele. — Você precisa ser mais específica.

Antes de ser transformado em lontra, ele estava treinando para ser mago e provavelmente sabia mais sobre magia do que eu.

— Você é tão sábio, precioso! — disse Gramina à lontra, acariciando suas orelhas.

— Eu encontrei o vovô — falei antes que eles pudessem esquecer que eu estava ali. — Tivemos uma conversa agradável e ele me ajudou a achar a saída. Disse que mamãe foi lá me procurar quando eu estive fora.

— Ahã — murmurou Gramina, curvando-se para beijar a cabeça de Haywood.

Haywood se virou para mim.

— Sua mãe deve ter ficado preocupada com seu sumiço.

A porta bateu na parede atrás de mim e Eadric entrou rapidamente na sala.

— Aí está você, Emma! — disse ele. — Andei procurando em toda parte. Você não vai acreditar no que aconteceu enquanto me vestia. Estava calçando os sapatos quando de repente virei sapo de novo! E foi tremendamente rápido, não como da última vez. A princípio não pude acreditar, mas durou só um pouquinho, e de repente voltei a ser como era. E depois aconteceu de novo. O que está havendo? Ontem, quando a gente se transformou de volta, pensei que tudo ia ficar bem.

— Não foi só com você, Eadric. Eu me transformei também. Sempre que soltava um espirro.

— Ah! — exclamou Haywood. — Você espirrou. Isso explica!

— Tive medo de que alguma coisa assim pudesse acontecer — disse Gramina. — Esperava que você tivesse mais controle sobre sua magia antes que isso acontecesse.

Eadric franziu a testa.

— Fico feliz em saber que a senhora entende. Agora, que tal explicar?

— Na verdade, é simples — respondeu minha tia. — A magia de Emma é forte, e ela precisa aprender a controlá-la. Até lá, sempre que causar uma tensão no corpo, essa tensão vai jogá-la de volta à forma em que estava da última vez. Isso significa que, quando ela espirrou, o que foi uma intensa reação física, transformou-se em sapa. E lembre-se de que o feitiço de vocês era ligado, para que os dois voltassem a ser humanos, caso contrário ambos teriam de permanecer como sapos.

Não pude acreditar no que estava escutando. Eu já tinha problemas suficientes com minha magia, e agora isso!

— Por que nunca ouvi falar disso?

Haywood explicou que aquilo não acontecia com freqüência. Geralmente a transformação era desencorajada entre os bruxos até que eles pudessem exercer um controle maior, mas no meu caso não foi uma questão de escolha.

— Isso pode acontecer de novo? — perguntei.

Gramina confirmou com a cabeça.

— Acho que sim. Você terá de trabalhar sua magia ao máximo possível. Agora ela está no controle, e esse não é um bom modo de viver. Sei que queria ir conosco visitar sua avó, mas talvez deva ficar aqui.

Não gostei nem um pouco dessa idéia. Ficar no castelo preocupada com a possibilidade de me transformar de novo em sapa era a última coisa que eu queria fazer.

— Mesmo assim gostaria de ir com vocês — falei. — Faz um tempo que não visito a vovó, e Eadric quer conhecê-la antes de voltar ao castelo dos pais dele.

— Que cheiro é esse que estou sentindo? — perguntou Eadric. — Alguém fez o desjejum?

— Eu fiz — falei. — Por que você...

Eadric não esperou ser convidado. Pegou um prato com ovos e levou até um banco junto à parede. Depois de colocar um bocado na boca, falou:

— Estes ovos estão deliciosos, mas poderiam ter um pouquinho mais de sal.

Revirei os olhos.

— Conheci os outros parentes de Emma e ouvi falar muito da avó dela — disse Eadric. — Gostaria de conhecê-la também. Emma, você deveria ter visto! — continuou, virando-se para mim. — Gramina mandou uma mensagem aos meus pais dizendo que estou bem. Agora eles podem parar de se preocupar e eu posso ficar um pouco mais. De qualquer modo, tenho de esperar País Luminoso por alguns dias. Ele ainda não se recuperou depois de ter se transformado de volta em cavalo.

Haywood sacudiu os bigodes.

— Sabe no que está se metendo? A avó de Emma costuma ser péssima com os pretendentes.

— Vou dizer a ela que somos apenas amigos — disse Eadric. — Ela não pode ser contra isso. Ei! — gritou, saltando de pé. — Alguma coisa me beliscou! — Colocando o prato no banco, coçou o traseiro com uma das mãos e enfiou a outra no espaço entre o banco e a parede, pegando uma coisa pequena, marrom-dourada.

— Aí está o culpado! — falou, balançando-o no ar.

— Parece um dos meus bolinhos de manga-espada — falei. Eu já tivera experiência suficiente com aquelas coisinhas malignas para reconhecê-las mesmo do outro lado da sala. A massa quebradiça tinha ficado boa, mas as lâminas que haviam se desenvolvido quando a magia falhou podiam dar cutucadas dolorosas. — Eu não comeria isso agora. Provavelmente está velho.

Novo ou velho, não era problema para Eadric. Depois de inspecionar a crosta marrom-dourada e arrancar as lâminas que se sacudiam, Eadric enfiou o bolo inteiro na boca e mastigou.

— É gostoso — falou de boca cheia. — Tem mais?

— Espero que não — respondi balançando a cabeça. — Mas, afinal de contas, eu achava que tinha encontrado todos há semanas. Acho que nós deveríamos comer uns ovos também. Quem sabe quando vamos nos alimentar de novo!

— Já fiz o meu desjejum — disse Haywood. — Peixe fresco, apanhado no lago. O melhor modo de começar o dia.

Demoramos menos tempo para comer os ovos do que eu tinha levado para prepará-los. Quando terminou, Gramina pôs seu prato de lado e começou a coçar Haywood atrás das orelhas. Aninhando-se mais perto, ele inclinou a cabeça de um lado para o outro.

— Isso é ótimo — murmurou. — Aí, esse é o ponto!

Fiz uma careta e mordi o lábio. Minha tia, normalmente calma e controlada, não era a mesma desde que tinha encontrado Haywood.

Gramina sorriu e me olhou.

— Emma, você e Eadric podem vir conosco se quiserem, mas não sei o que pode acontecer quando sua avó se envolve em alguma coisa. Nem sei se deveríamos tentar isso. Às vezes, sua avó é bem odiosa e...

— Claro que deveríamos! — falei. — Eu falo com a vovó. Tenho certeza que ela vai concordar.

Gramina suspirou.

— Não, eu falo com ela. Afinal de contas, é minha mãe. E talvez ela o transforme de volta. Mesmo que recuse, o que mais ela pode fazer? Ela já o transformou numa lontra.

— Se os boatos forem verdadeiros, Gramina — disse uma voz junto à porta, e todos viramos a cabeça ao mesmo tempo. Fiquei surpresa ao ver mamãe parada ali. Fazia anos que ela não visitava os aposentos da irmã. Os lábios de mamãe estavam tensos de desaprovação quando seu olhar nos examinou. — Você está com uma lontra no quarto. Por que trouxe uma criatura assim para o palácio?

— Ele não é uma criatura, mamãe. Pelo menos não é só isso — falei. — É Haywood, o homem que vovó não queria que se casasse com Gramina. Gramina o descobriu perto do rio quando estava nos ajudando. Não é empolgante eles terem finalmente se encontrado?

— Então, irmã, nossa mãe o transformou numa lontra, e não num sapo, como você achava. Quando ouvi dizer que havia uma lontra aqui em cima, fiquei com medo de Emeralda ter se transformado em outro animal horroroso desde que falei com ela pela última vez. Como vai, Haywood?

— Muito bem, Chartreuse. E vejo que você continua doce como sempre.

Mamãe franziu a testa para a lontra, depois olhou para a parede atrás de Haywood. Tinha uma tapeçaria pendurada ali havia anos. Mostrava a imagem de uma mulher de cabelos castanho-avermelhados e compridos caindo pelas costas. Ela estava de pé no parapeito de um castelo, com os braços levantados, e em cada mão segurava uma bola de luz verde. No chão, lá embaixo, os restos de um exército batiam em retirada.

— Ah — disse mamãe. — A tapeçaria da Bruxa Verde. Lembro-me do dia em que você ganhou isso, Gramina. Quando éramos meninas, quem imaginaria que você terminaria com o título?

— Sei que você achava que o título seria seu, Chartreuse — disse Gramina antes de se virar para mim. — Quando éramos pequenas, freqüentemente brincávamos de bruxa, e sua mãe sempre insistia em ser a Bruxa Verde. Ficou arrasada quando soubemos que eu tinha talento para magia, e ela não. Mas a magia escolhe os seus, não é, Chartreuse?

Os olhos de mamãe estavam frios, mas ela não disse uma palavra.

Haywood empurrou a cabeça contra a palma da mão de Gramina, que se curvou para coçar as orelhas dele. Mamãe gemeu.

— Tenho um sentimento ruim em relação a isso — falou comigo em voz baixa. — Depois de eles ficarem noivos, Gramina não conseguia pensar em nada além de Haywood, quer ele estivesse perto ou não. Na época isso não importava muito, mas foi antes de ela ser a Bruxa Verde. Esse não é um título vazio, você sabe, Emeralda. No mesmo dia em que Hazel, a primeira Bruxa Verde, recebeu aquela tapeçaria recebeu também o anel que Gramina usa agora.

Olhei para minha tia, mas já sabia de que anel mamãe estava falando. Esculpido numa única pedra verde-clara, parecia uma tira de minúsculas folhas sobrepostas. Ela usava o anel desde que eu a conhecia.

— Cada Bruxa Verde o usou, desde Hazel. O anel e a tapeçaria simbolizam o poder da Bruxa Verde. É o poder dela que protege este reino. Sem uma Bruxa Verde o reino de Grande Verdor ficaria vulnerável a ataques.

Eadric tinha atravessado a sala para se juntar a nós.

— A senhora está falando de trolls e lobisomens? Os trolls invadem o reino de meu pai umas duas vezes por ano, e os lobisomens atacam todo inverno.

— Verdade? Nós nunca tivemos problemas assim — falei.

— A maioria dos reinos não é tão afortunada quanto o nosso — disse mamãe. — Bandos de harpias, goblins baderneiros ou matilhas de lobisomens são atraídos aos reinos que não tenham uma bruxa ou um mago poderoso para protegê-los. Para que alguns deles sejam detidos, basta saber que a Bruxa Verde está aqui, mas ocasionalmente ela é forçada a demonstrar seu poder.

— Nunca vi Gramina lutar com ninguém — falei.

— Há muito tempo ela não luta. Sua reputação é bem conhecida.

Não entendi. Eu tinha morado com minha tia a vida inteira, mas isso era novidade.

— Sempre pensei que papai e os cavaleiros mantinham os invasores longe.

— Seu pai é um bom homem, e terrivelmente corajoso, mas isso significa pouco para um exército de trolls ou um bando de harpias.

— Por que ninguém nunca me disse isso?

— Porque você nunca precisou saber — respondeu mamãe.

Ouvi uma pancada e me virei a tempo de ver Haywood correr por cima de uma mesinha e espiar a tigela d'água. Havia um castelo em miniatura na tigela, mas afora isso a água aparentava estar vazia. Lambendo os lábios, Haywood enfiou o focinho na água, depois sentou-se sobre as patas traseiras, fazendo uma cara medonha.

— *Argh!* — disse ele. — É salgada!

— Ah, deleite do meu coração! — exclamou Gramina. — Você não deve beber isso!

Mamãe franziu os lábios, enojada.

— "Deleite do meu coração" era como ela o chamava quando os dois eram jovens — sussurrou. — Talvez tenhamos problema se ela ficar ligada a Haywood como antigamente. Gramina não conseguia se concentrar em nada que não tivesse a ver com ele, e as outras coisas acabavam sendo prejudicadas. Nosso reino corre perigo se ela estiver fraca, não importando o motivo. Agora mesmo o problema não está distante. Seu pai deve chegar dentro de algumas horas, mas mandou um mensageiro na frente. Os homens dele descobriram dois espiões numa taverna local. Os espiões escaparam durante o interrogatório.

Eadric franziu a testa.

— Espiões em Grande Verdor?

Mamãe assentiu.

— Temos de ajudar Gramina a recuperar o juízo. Ela precisa esquecer Haywood e cuidar de suas responsabilidades.

— Mesmo sob o aspecto de lontra, não acho que algum dia ela vá esquecê-lo — falei. — Mas talvez Haywood não continue como lontra por muito tempo. Vamos visitar vovó hoje e pedir que ela o transforme em homem.

— Gramina quer pedir a ajuda dela? Talvez minha irmã esteja mesmo desequilibrada.

— A idéia foi minha — falei. — Vovó o transformou numa lontra, de modo que é ela quem tem de transformá-lo de volta.

Mamãe fez uma careta como se sentisse um fedor horrível.

— Nunca vi você tão intrometida antes. Alguém deve ter exercido má influência. — Ela se virou para Eadric. — Quem quer que tenha pensado nisso, a sugestão é inconveniente. Mamãe nunca ajudou ninguém, além de si própria.

— Se a senhora não consegue pensar numa idéia melhor... — comecei.

— Livre-se da lontra. Haywood complicou a vida de Gramina por tempo suficiente.

— Mas ela ama Haywood! Gramina sofre terrivelmente sem ele.

— Então consiga que sua avó o transforme de volta, mas que seja depressa. — Mamãe balançou a cabeça quando olhou para Gramina e Haywood. — Tenho de me preparar para a volta de seu pai. Devo informá-lo o que aconteceu aqui.

Fui com mamãe até a porta, esperando fazer com que ela saísse depressa.

— Quando mandei uma mensagem ao seu pai dizendo que você estava em casa, não mencionei sua recusa em se casar com o príncipe Jorge — disse ela, parando na soleira. — Não sei como vou dar a notícia.

— Eu mesma posso contar.

— Talvez não seja necessário. Estive avaliando o problema, e é óbvio que você não pensou direito. Se mantivermos em segredo sua pequena aventura beijando um sapo, ainda pode se casar com Jorge. — A voz de mamãe baixou até um sussurro enquanto olhava para Eadric, que estava comendo de novo do outro lado da sala. — Ninguém precisa saber que você já foi sapa nem que se desgraçou com um rapaz.

— O que a senhora está falando, mamãe? — perguntei, tentando manter a voz baixa também. — O príncipe Eadric é um cavalheiro! Não fizemos nada de errado.

— Todos são cavalheiros até estarem sozinhos com a gente.

— Nós éramos sapos! Estávamos tentando voltar a ser humanos. O que poderia...

— Não importa o que você fez. Ficou sozinha com um rapaz que não era seu parente. É só isso que as pessoas precisariam ouvir. Você sabe, claro, que essa é a pior coisa que poderia ter acontecido. Sem beleza ou graça, você só tinha de fato a boa reputação, e se essa história vazar nem isso terá mais. Mas talvez nem tudo esteja perdido. Se eu apressar os planos do casamento e você não disser uma palavra a Jorge...

— Não vou mentir para ele, mamãe.

Eu tinha certeza que Jorge acabaria sabendo. Todo mundo em nosso castelo provavelmente já sabia do acontecido. Era quase impossível manter um segredo com tantos ouvidos ao redor.

Mamãe franziu os lábios.

— Então conte sua história o quanto quiser, mas você cometeu um erro grave. Não sei o que seu pai e eu vamos fazer agora. Duvido que até mesmo um convento a aceite.

— Eu não deveria ter me incomodado em voltar! — falei.

— Talvez não devesse mesmo.

Assim que mamãe saiu, Haywood falou:

— Não deixe sua mãe perturbá-la, Emma, se bem que, se você quiser, eu posso cuidar dela. Eu era apenas um mago aprendiz quando Olivene me transformou, e não era muito bom, mas me lembro de alguns feitiços básicos. Seria fácil transformar Chartreuse num papagaio. Todos eles gostam de ouvir a própria voz.

Ri e balancei a cabeça.

— Sua oferta é tentadora, mas prefiro não aceitar.

— Se vamos falar com *minha* mãe, é melhor sairmos logo — disse Gramina. — Emma, por que você e Eadric não pegam o tapete no depósito? O dia está lindo demais para ser passado numa carruagem, e Haywood teria dificuldade em ficar montado a cavalo. Pergunte a Fê onde você pode achar o tapete.

Estava escuro no depósito, a única luz vinha de uma janela estreita como uma seteira. Eadric me seguiu pela porta, parando assim que viu a bagunça. Alguma coisa se agitou nos caibros acima e levantei os olhos. Fê estava pendurada pelos pés, no meio de maços de ervas que balançavam.

— Fê! Sou eu, Emma!

— Já estava na hora — guinchou a pequena morcega. — Aonde você foi? Num minuto estava fazendo o desjejum e no outro fez: *puf!*

— Tive um problema com a magia. Fui parar na masmorra, por engano.

— Essas coisas acontecem. Especialmente quando se é nova nisso.

— Sabe onde minha tia pôs o tapete?

Espiei nos cantos escuros, onde só podia vislumbrar formas vagas.

— Claro que sei! Sei onde está tudo. Sua tia me encarregou do almoxarifado. O tapete está ali, atrás daquele espelho velho. Empurre o espelho... Cuidado, ele está tombando... aí! Olha o tapete.

O tapete estava enrolado como um tubo comprido, de pé e encostado na parede. Eadric pegou uma ponta e eu peguei a outra. Era pesado e incômodo, mas logo conseguimos passar com ele pela porta e voltar à sala ensolarada de Gramina.

Apesar de o tapete estar sujo por fora, as cores eram brilhantes quando finalmente o desenrolamos diante da janela. Fios escarlate, dourados, azul-marinho, verde-escuros e creme brilhavam ao sol num padrão repetitivo de flores e desenhos abstratos. Era um tapete grande, dava para nós quatro facilmente.

Eadric recuou para olhar.

— É muito bonito, mas o que ele tem a ver com a ida à casa de sua avó?

— Esse não é um tapete comum, Eadric. É um tapete mágico — respondeu Gramina. — Vai nos levar aonde quisermos. É um modo bem confortável de viajar, desde que o tempo esteja bom.

Eadric se virou para mim.

— Você já andou de tapete mágico?

— Nunca — falei —, mas parece divertido!

— Não sei se quero confiar numa coisa que envolve magia, pelo menos por enquanto — disse ele.

— Você acabou de comer um desjejum mágico.

— Aqui, Emma — disse minha tia estendendo a mão. — Ponha isso na sacola. Nunca se sabe quando a gente vai precisar.

Fiz o que ela disse, guardando vários objetos: um pedaço de barbante, um pequeno quadrado de pano e um toco de vela. Quando todo mundo estava pronto, Eadric e eu tomamos nosso lugar no tapete mágico atrás de Gramina e Haywood. Com algumas palavras faladas em voz baixa, Gramina fez o tapete se erguer no ar. Ele se movia aos arrancos, como se não tivesse certeza do que fazer.

— Eu não o uso há um bom tempo — disse titia por cima do ombro. — A viagem deve melhorar à medida que o tapete seja arejado. Fiquem sentados e segurem firme.

— E a janela? — perguntou Eadric com os olhos enormes enquanto o tapete saltava em direção à abertura estreita. Estávamos apenas a centímetros de distância quando as laterais da janela se separaram como uma boca sorrindo, deixando-nos passar facilmente. Assim que atravessamos, a janela voltou ao tamanho original com um *tóing* alto.

Gramina deu um risinho.

— Não se preocupe, Eadric. Não é a primeira vez que eu faço isso.

Quatro

O tapete mergulhava e oscilava voando acima do fosso, até que tive certeza de que iríamos cair. Agarrei o braço de Eadric desejando poder segurar alguma coisa mais estável, já que ele tremia ainda mais do que o tapete. Rodeando as últimas torres, o tapete se nivelou e disparou sobre os campos de treino, onde meu pai e os cavaleiros costumavam se exercitar com espadas e lanças. Dentro de apenas alguns minutos tínhamos passado sobre o pântano que Eadric e eu tínhamos levado dias para atravessar. Do outro lado do rio, voamos sobre a copa das árvores, algumas tão altas que eu quase podia estender a mão e tocá-las.

A Comunidade do Retiro das Bruxas Idosas ficava no fundo da floresta, acessível apenas por caminhos encantados ou pelo ar. Os caminhos levavam diretamente aos chalés individuais e eram o modo mais seguro, ainda que mais lento, de chegar lá. Pelo ar, a comunidade era tão bem escondida que seria fácil deixar de vê-la.

Tentei observar tudo ao mesmo tempo, virando a cabeça de um lado para o outro como um cata-vento. Eadric estava tão empolgado quanto eu, e juntos fazíamos o tapete chacoalhar enquanto olhávamos em volta.

Uma névoa rosada pairava acima da floresta, com fiapos compridos se enfiando nas árvores. O cheiro fraco de repolho cozido chegou até nós, e eu imaginei quem estaria cozinhando. Estávamos sobre a névoa quando notei as Montanhas Púrpura a distância. Quando olhei de novo, elas pareciam muito mais perto. Um falcão passou voando, atraindo minha atenção. Na outra vez em que olhei para as montanhas elas pareciam ter se afastado de novo.

— As montanhas estão se mexendo? — perguntei à minha tia enquanto o tapete baixava, chegando mais perto das árvores.

— Não, mas parece, não é? É só o efeito do miasma da magia, aquela névoa cor-de-rosa que passa sobre a floresta de vez em quando. É bonita, mas torna mais difícil achar a comunidade. Espere, acho que estou vendo!

Os chalés da Comunidade do Retiro das Bruxas Idosas se espalhavam numa pequena clareira. Havia um buraco para fogueira no centro, uma vantagem a mais para as bruxas que gostavam de cozinhar ao ar livre. Mesas e bancos de madeira rodeavam o buraco, assentos para as bruxas e seus convidados. A clareira foi a primeira coisa que vimos do ar. À medida que chegávamos mais perto, comecei a identificar os chalés escondidos entre as árvores.

Havia quatro estilos básicos de chalés, mas cada bruxa tinha decorado o seu de um modo diferente. Alguns eram feitos de pão de mel, como o da minha avó, alguns andavam de um lado para o outro com pernas de galinha e alguns tinham teto de palha e eram rodeados por arbustos com rosas vermelhas e brancas; outros eram feitos de pedra e cobertos de hera.

A comunidade em si crescia e se encolhia à medida que as bruxas iam e vinham, e os chalés só duravam enquanto eram necessários. Alguns, como os de pão de mel, se desintegravam com o tempo se não tivessem manutenção. Os chalés com pernas de galinha iam embora quando suas donas morriam.

O tapete estava roçando a copa das árvores quando vi o chalé de vovó. Feito de pão de mel, fora consertado tantas vezes que não se parecia com quando era novo. Os visitantes haviam comido a maior parte da cobertura, que vovó substituiu por glacê. As jujubas que enfeitavam os postigos tinham endurecido, de modo que ela havia colocado pastilhas de frutas no lugar. Também tivera de substituir as portas de pão de mel e muitas das partes mais acessíveis das paredes. As peças novas de pão de mel tinham cor mais escura do que as antigas, dando uma aparência de colcha de retalhos.

Gramina pousou o tapete no quintal da frente do chalé, e eu esperei que vovó saísse correndo de casa, balançando a vassoura na nossa direção e gritando seus cumprimentos de sempre. Quando ela nem espiou por trás das cortinas de algodão-doce, fiquei preocupada. Levantei-me e corri até a porta da frente. O ferrolho, feito de alcaçuz e com as marcas de dentes de algum visitante antigo, estava tão pegajoso que eu não quis tocá-lo, mas não tinha muita opção.

Levantando o ferrolho, empurrei a porta e espiei dentro.

— Vovó! A senhora está aí? Sou eu, Emma! Gramina também veio!

Afora os estalos normais de uma casa feita de doces, o chalé estava silencioso. *Estranho*, pensei, entrando na minúscula antesala. O chalé era pequeno, de modo que não demorei muito a examiná-lo, mas não havia qualquer sinal de vovó na cozinha, na sala ou mesmo nos dois quartos de hóspedes. Na verdade eu não esperava encontrá-la em seu quarto naquela hora do dia, mas mesmo assim olhei. Estava fechando a porta quando notei um volume sob as cobertas. Entrando na ponta dos pés, estendi a mão para as cobertas e puxei, mas era apenas o gato, Herald, tirando um cochilo. Um velho gato laranja ficando branco em volta da boca e dos olhos, Herald era o único animal de quem vovó gostava, pelo que eu sabia, e era um dos gatos mais desagradáveis que eu já conhecera.

Piscando os olhos sonolentos à luz do sol que inundava o quarto, Herald inclinou as orelhas para trás e rosnou quando me viu. Mas eu estava acostumada ao seu mau humor e sabia que deveria ficar longe de suas garras.

— Acho que você não sabe onde vovó está — falei, não esperando realmente uma resposta.

O gato fez um muxoxo, depois sentou-se para lamber a base do rabo. Virei-me para sair e estava na metade do caminho até a porta, quando Herald falou:

— Mesmo que soubesse, não diria. Você nunca me tratou como mereço. Nenhum gato de bruxa que se preze quer ser acariciado e chamado com nomes de bebê.

— Desculpe se o ofendi, mas conheço um monte de gatos que gostam de ser acariciados.

Herald esticou uma perna e se dobrou para lamber a coxa.

— Bem, eu não sou um deles! — Em seguida me olhou e franziu o nariz num meio rosnado. — Pelo menos você está trabalhando sua magia, apesar de estar muito atrasada.

— Como sabe o que estou fazendo?

— Está falando comigo, não está? Sua avó vai ficar satisfeita. Ela andava muito desapontada com você ultimamente. Quanto a onde pode encontrá-la, ela desapareceu há algumas noites. Ainda bem que pôs aquela portinhola para gatos, caso contrário eu já estaria com fome.

Deixei o gato tomando banho e saí para ver Gramina. Ao ouvir sons no quintal dos fundos, rodeei o chalé, passando pelo relógio de sol feito de açúcar cristalizado. Era quase meio-dia, a hora em que vovó normalmente almoça. Ela deveria estar ali, arrumando a mesa para a refeição.

Quando achei minha tia, ela estava ajoelhada ao lado do grande forno que vovó usava para assar grandes folhas de pão de mel.

— O que está fazendo? — perguntei.

— Verificando se ela não está aí. Mamãe teve uma vizinha que recebeu umas crianças para passar uns dias. Uma delas jogou a vizinha no forno e fechou a porta. Tudo que restou dela foram uns ossos queimados.

— Isso é terrível! O que aconteceu com as crianças?

— Nada. Disseram que ela ia comê-las e reivindicaram legítima defesa.

Estremeci.

— Há alguma coisa no forno de vovó que não deveria estar aí?

Gramina balançou a cabeça.

Mastigando um pedaço de pão de mel que tinha arrancado da parede de alguém, Eadric saiu da floresta com Haywood saltitando ao lado.

Quando Gramina levantou a sobrancelha interrogativamente, falei de meu encontro com o gato Herald.

— Não me surpreende que vocês não possam achá-la — disse Eadric. — Haywood e eu demos uma olhada por aí, mas não vimos uma única bruxa.

— Isso mesmo — confirmou Haywood. — Acho que o lugar inteiro foi abandonado.

— Talvez a gente devesse olhar os outros chalés — disse eu. Gramina assentiu.

— Isso mesmo. Só não abram nenhuma porta. Essas bruxas velhas não gostam de gente intrometida. Tenham cuidado.

Juntei-me a Eadric do lado de fora do portão enquanto Haywood acompanhava Gramina. Nenhum dos chalés que encontramos parecia estar ocupado.

Assim que terminamos, Eadric e eu fomos para a clareira no centro da comunidade. Tínhamos chegado à primeira mesa perto do buraco de fogueira quando Eadric parou e se abaixou para pegar alguma coisa.

— Para que serve isto? — perguntou ele, mostrando uma bolsa de pano simples.

Virei-a nas mãos.

— Não sei. Vamos mostrar a Gramina.

Dei um pulo quando Haywood saltou sobre a mesa ao lado, pousando com um som oco.

— O que você quer dizer com mostrar a ela? Aqui, deixe-me ver. — A lontra farejou a bolsa, depois sopesou-a com as patas antes de colocá-la na mesa. — Parece inofensiva. Rainha do meu coração, venha ver isto!

Gramina chegou à mesa e passou a mão sobre a bolsa, como se estivesse tentando sentir alguma coisa.

— Não há nada mágico aí. Vejamos o que tem dentro.

Quando seus dedos ágeis desfizeram o nó, ela derramou parte do conteúdo na palma da mão. Uma areia branca pura, da cor de neve fresca, formou um monte brilhante.

— É areia! — exclamou Eadric, parecendo desapontado. — Por que alguém colocaria areia numa bolsa assim?

— É uma boa pergunta, Eadric — disse minha tia. — Alguma coisa está muito errada. Todas as bruxas parecem ter partido ao mesmo tempo, apesar de não ter havido nenhum incêndio, nenhuma ameaça de qualquer tipo nem razão óbvia para elas partirem. Essas bruxas não abandonariam simplesmente suas casas e seus animais, principalmente com toda a magia que colocaram neles. Fiquem olhando e vejam o que mais podem descobrir.

De novo Eadric e eu fomos numa direção, enquanto Gramina e Haywood iam na outra, inspecionando as mesas e a área em volta. O fogo no buraco tinha se apagado, outro sinal de alguma coisa errada, já que as bruxas sempre o mantinham aceso. Cinzas do buraco tinham soprado pela clareira, chegando até o círculo interno das mesas. Eu estava segurando a barra da saia longe das cinzas, cutucando um volume com o dedo do pé, quando notei um camundongo embaixo da mesa.

Vendo que o camundongo corria para um pequeno buraco no chão, fui depressa e cobri o buraco com o pé.

— Com licença — falei, agachando-me para ficar mais perto do nível dele. O camundongo parou deslizando, sentando-se nos calcanhares, surpreso. — Vejo que está com pressa, por isso não vou retê-lo. Estava imaginando se poderia dizer para onde as bruxas foram.

O camundongo olhou por cima do ombro como se esperasse ver mais alguém parado ali. Quando percebeu que não havia ninguém, virou-se de novo para me encarar.

— Está falando comigo? Ninguém grande fala comigo. Nunca.

— Verdade, estou falando com você, mas por acaso conheço uns camundongos muito legais. Meu nome é Emeralda. Minha avó mora na Comunidade do Retiro, e o nome dela é Olivene. Não consigo encontrá-la nem às outras bruxas que moram aqui. Estava me perguntando se você não saberia para onde elas foram.

— Não faço a menor idéia, mas numa noite dessas elas tiveram uma grande reunião, com um monte de gente falando. Depois ficaram agitadas e voaram segurando pergaminhos parecidos com aquele. — O camundongo apontou para o chão.

Enfiando a mão sob a mesa, senti alguma coisa embaixo da cinza. Era um pergaminho tão coberto de cinzas que a escrita mal era discernível. Quando o peguei e sacudi, percebi instantaneamente o erro. Meu nariz começou a coçar. Tentei segurar o espirro, mas era forte demais. Os olhos começaram a lacrimejar, parecendo que iam pular da cabeça se eu não espirrasse. Olhei em volta, querendo alertar Eadric... e então...

— *A-tchim!*

Nunca consegui manter os olhos abertos enquanto espirro, por isso não vi Eadric se transformar. Quando os abri, estava enfiada até o peito na cinza fofa, segurando a beira do pergaminho com os dedos compridos e verdes. O camundongo me olhou e desapareceu em seu buraco.

— Emma! — gemeu Eadric.

— Estou aqui — falei, balançando a outra mão no ar.

— Não fique aí parada! — disse ele, com a voz ficando mais alta à medida que saltava na minha direção. — Transforme a gente de volta!

— Vou tentar — falei.

Se a cinza me fizera espirrar uma vez, devia fazer isso de novo. Inclinando-me para o pó, respirei fundo, mas, em vez de espirrar, comecei a tossir, uma tosse alta e rouca, vinda do fundo dos pulmões.

Eadric surgiu da cinza como um pequeno fantasma cheio de calombos. Estava tão engraçado que eu teria rido se ainda não estivesse tossindo.

— Que tal um feitiço? — perguntou ele. — Gramina disse que você teria de aprender a controlar as transformações com sua magia.

— Minha magia! Mas eu não sei nenhum feitiço para transformar a gente de volta.

— Então invente um. Não pode ser muito difícil. As bruxas inventam feitiços o tempo todo.

— Acho que eu poderia tentar — falei, mas minha mente já estava num redemoinho. *Será que eu deveria fazer com rima? E se eu transformar a gente numa coisa horrível? E se as bruxas voltarem e me jogarem num caldeirão antes que eu possa explicar quem sou? E se...*

— Você vai fazer um feitiço ou não? — perguntou Eadric.

— Essa cinza está me secando. Vamos ter de achar um pouco de água se você não fizer a transformação logo.

— Certo, certo. Só me dê um minuto! — *Sapo, trapo, caco, macaco...*, tentei pensar em rimas que pudesse usar. *Transformação, atração, cachorrão...* Ainda que eu tivesse uma boa idéia do que um feitiço poderia fazer, não fazia idéia de como ele funcionava.

— Se não vai tentar um feitiço, estou indo para aquelas árvores — disse Eadric. — Está quente demais aqui, e minha pele está começando a enrugar.

— Certo, certo. Vou tentar esse.

>Agora sou sapa.
>Antes era garota,
>Por favor me transforme de volta
>E faça...

— Não, espere! — gritou Eadric. — Pense no que está dizendo! Você ainda é uma garota, ainda que não uma garota humana. Tente de novo... algo que não envolva diferença de sexo. A última coisa que eu quero é virar garota.

— Certo. Então que tal isso?

>Não é mesmo como sapa
>Que quero permanecer.
>Por favor me transforme
>No meu velho modo de ser.

Podia me sentir mudando, se bem que não era como nas outras vezes. Fiquei maior e mais alta, mas também me sentia mais fraca. Senti dor nas juntas e minha visão ficou turva. Quando olhei para as mãos, eram humanas, mas enrugadas e com pintas marrons. Virei-me para olhar Eadric e vi um velho com um barrigão e cabelos brancos desgrenhados, sentado nas cinzas.

— Aí estão elas! — gritou uma voz familiar, e Haywood veio deslizando de barriga em meio ao pó. — Achei as bruxas velhas... mas só há duas. E uma parece um velho.

— Um *é* um velho — resmungou Eadric com a voz enferrujada como uma armadura antiga. — O que há de errado com você, Emma? Não consegue fazer nada certo?

— Eu disse que não tenho um feitiço pronto, Eadric — falei, com a voz soando esganiçada. — Mas você insistiu em que...

— Emma, Eadric, são vocês? — Gramina veio pisando de leve nas cinzas. — Minha nossa! O que aconteceu? — perguntou, olhando para Eadric e para mim.

Eadric fez um muxoxo.

— Nós éramos sapos, por isso Emma tentou usar magia para nos transformar em humanos de novo.

— Eu disse que queria voltar ao meu velho modo de ser. Acho que não deveria ter dito *velho*.

— Não — respondeu Gramina —, mas pelo menos esse feitiço pode ser revertido facilmente. — Pegando um pedaço de madeira queimada no buraco de fogueira, Gramina rabiscou alguma coisa num pedaço de pergaminho que pegou na bolsa, depois me entregou, dizendo: — Leia isso em voz alta, Emma.

Tive de forçar a vista para ler, já que não estava enxergando muito bem, mas ela havia escrito em letras bem grandes, de modo que não foi muito difícil.

De velhos a novos,
Faça-nos voltar
À nossa verdadeira idade.
Os dois, sem errar.

Suspirei de alívio quando as dores sumiram. O couro cabeludo pinicou quando meu cabelo passou de branco ao castanho-avermelhado normal; a pele coçou enquanto ficava mais firme e as rugas desapareciam. A visão melhorou também, e as coisas turvas entraram em foco. Apesar de não ter acontecido tudo ao mesmo tempo, foi suficientemente rápido para me desorientar, e eu tive de segurar a mão de Gramina para manter o equilíbrio.

— Minha nossa! — falei, fechando os olhos até que o mundo parou de girar. — Que bom que acabou.

— De repente sinto pena das bruxas velhas — disse Eadric. — Ser velho é terrivelmente desconfortável.

— Como isso aconteceu, Emma? — perguntou Gramina.

— Ah! — falei, olhando o chão perto dos pés. — Um camundongo me mostrou um pergaminho. Eu o peguei e o pó me fez espirrar. Aqui.

Tendo o cuidado para prender o fôlego, peguei o pergaminho na cinza e sacudi. Era lindo. Feito no estilo dos manuscritos com as mais belas iluminuras, uma pequena imagem representava um pântano sombrio onde havia árvores com raízes tortas acima de um rio serpenteante. Répteis dentuços atravessavam a água com suas caudas compridas e serrilhadas, enquanto cobras compridas e de olhos pequenos se enrolavam nos galhos. O texto era escrito a mão, em tinta preta com detalhes dourados, e parecia muito chique.

Cansada da aposentadoria? Esqueça de todos os seus problemas e comece vida nova no Pântano Esquecido.

Eadric examinou as criaturas da imagem.

— Olha o tamanho dessas coisas! Vocês acham que são de verdade?

— Talvez, mas se forem eu não quero ser sapa nesse pântano — falei.

Mas Gramina pareceu ainda mais impressionada quando repeti o que o camundongo tinha dito.

— Maravilhoso! — disse ela. — Agora temos uma boa chance de achar as bruxas velhas.

Cinco

Gramina enfiou dois dedos na boca e assobiou três notas distintas. Mal havia acabado quando o tapete mágico apareceu sobre a copa das árvores. Tentei ter cuidado ao subir nele, mas as cinzas que agitei fizeram meus olhos lacrimejar. Apertando-os com força, enxuguei as pálpebras com o lenço e prendi o nariz para não soltar um espirro. Quando pude ver de novo, notei que Gramina havia tirado sua escama de dragão preto da bolsa presa ao cinto.

— Todo mundo está pronto? — perguntou, ajeitando as saias ao redor.

Eadric segurou minha mão e eu olhei seu rosto. Estava pálido, com os lábios apertados. Percebendo que ele se sentia nervoso por causa do vôo, sorri de um modo que esperava que fosse tranqüilizador e apertei sua mão.

— Você não precisa ir. Nós podemos deixá-lo no castelo do seu pai.

Eadric balançou a cabeça.

— Se você for, eu vou. Você precisa de mim para ficar segura.

— Eu vou estar bem... — comecei, mas pelo modo como seu queixo ficou travado, vi que ele não ia mudar de idéia. — Estamos prontíssimos — falei a Gramina.

Gramina segurou a pequena bolsa de areia e o pergaminho numa das mãos e escama na outra. Em seguida falou:

> As bruxas que aqui estavam
> Decidiram-se pela procura
> De um lugar novo aonde ir,
> Como mostra esta pintura.
>
> Para encontrá-las pode usar
> Essas coisas na minha mão.
> Seja longe ou seja perto
> Mostre onde as bruxas estão.

Espiei por cima do ombro de minha tia para ver a escama. Presente de um dragão amigo, a escama era um excelente instrumento de orientação, com fagulhas de luz piscando em vermelho para significar quente quando era apontada na direção certa, e azul para significar frio quando apontada na direção errada. Minhas pernas estavam começando a ficar com cãibras quando a luz piscou. A princípio era azul, mas titia inclinou a cabeça e o tapete se ergueu alguns centímetros do chão, girando lentamente até que a luz ficou vermelha.

Gramina murmurou alguma coisa baixinho e o tapete se alçou no ar, com o movimento mais suave do que quando saímos do castelo. Erguendo-se acima da copa das árvores, ele oscilou nas correntes de ar, acomodando-se apenas quando Gramina usou um feitiço calmante.

As luzes que brilhavam na escama eram fracas, uma boa indicação de que tínhamos muito que viajar. Tentei olhar a paisagem, mas logo desisti e fechei os olhos, agarrando a mão de Eadric enquanto o vento agitava o tapete. Abri os olhos uma vez e tínhamos passado pelas Montanhas Púrpura. Abri de novo e estávamos voando sobre uma vasta planície onde marchava um exército, tão distante que os soldados pareciam menores do que formigas.

Quando a luz do dia se esmaeceu virando noite e as estrelas surgiram uma a uma, fechei os olhos e me encostei em Eadric. Devo ter dormido, porque em seguida vi que era de dia e estávamos voando sobre uma região de água que parecia continuar para sempre. Num determinado ponto um grupo de enormes criaturas parecidas com peixes passou embaixo, claramente visíveis apesar da grande distância que nos separava. Quis compartilhar a visão com Eadric, mas, quando olhei, seu rosto estava pálido, a pele ligeiramente verde em volta da boca.

— Você está bem? — perguntei.

Eadric gemeu e balançou a cabeça, com os lábios apertados, como se falar exigisse esforço demais. Apertei sua mão. Um instante depois ele se inclinou para a beira do tapete e esvaziou o estômago na água lá embaixo. Senti pena quando ele finalmente se sentou de novo, pálido e trêmulo, mas fiquei grata porque o vento levou o cheiro para longe.

A maior parte da viagem tinha sido feita com tempo bom, mas, à medida que as horas passavam, o céu ficou nublado e as ondas tinham cristas brancas. Agora Eadric gemia com mais freqüência e sua mão estava fria e úmida. *Precisamos pousar logo*, pensei, e me inclinei para verificar a escama de novo. As luzes eram mais fortes, fagulhas vermelhas saltando com tamanho frenesi que eu soube que estávamos nos aproximando do destino.

— Sabe onde estamos? — perguntei junto ao ouvido de minha tia.

— Tenho uma boa idéia. Há uma ilha logo adiante. É para onde estamos indo, se não me engano. Sentem-se e segurem firme. O passeio vai ficar agitado.

Apesar do feitiço que titia usou para nos manter firmes, o tapete mágico se sacudia e estremecia com o vento que aumentava. Então Gramina nos levou para ainda mais alto. As nuvens eram escuras e ameaçadoras, e eu morri de medo de passar através delas. Quando entramos na primeira nuvem, um frio nos envolveu fazendo a respiração ficar presa na minha garganta. Estremeci quando o frio penetrou nos meus ossos. Eadric era apenas uma forma vaga ao lado, mas estava tão perto que nossos quadris se tocavam.

O vento ficou mais forte, chicoteando-nos com chuva. Erguendo os olhos enquanto raios estouravam, vi a lontra escorregar para a beira do tapete.

— Haywood! — gritou Gramina e estendeu a mão rapidamente agarrando uma pata peluda quando ele estava quase caindo. A lontra forçou as patas traseiras, arrastando-se de volta para o tapete até ser abraçado por minha tia, que o prendeu ao lado do corpo.

Meu estômago deu uma reviravolta quando o tapete perdeu altura e em seguida saltou de novo, muito rápido. Agarrando a beira do tapete de um lado e a mão de Eadric do outro, fiquei realmente apavorada pela primeira vez desde o início da viagem. Meu coração batia forte enquanto o tapete corcoveava e girava.

Molhada e tremendo, mordi o lábio tentando não gritar quando senti a coceira começando. Com medo, apertei o nariz de encontro ao ombro, mas não bastou. A comichão ficou insuportável, e eu apertei a mão de Eadric, avisando.

Claro que espirrei. A transformação foi quase instantânea. Não era mais um arrepio gradual, mais parecia um choque que começava nos dedos dos pés e das mãos e depois atravessava o corpo até chegar à cabeça, fazendo-a ficar esquisita e leve. Quando olhei para baixo vi pernas verdes e lisas se estendendo diante de mim. Ao erguer os olhos vi a boca de sapo de Eadric aberta num ar de perplexidade.

Incapazes de nos segurarmos ao tapete com os dedos pequenos, ficamos desamparados contra o vento forte. O próximo sopro violento nos lançou para fora do tapete e caímos, girando pelo ar, e somente os dedos entrelaçados nos mantinham juntos.

Gritei, e o som foi levado pelo vento enquanto mergulhávamos pela nuvem, girando e girando de ponta-cabeça até eu não ter certeza de que lado era o de cima. Quando vi o terror no rosto de Eadric, percebi que eu era a única que poderia nos salvar. Com todo o vento e a chuva, Gramina provavelmente nem fazia idéia de que tínhamos caído.

O vento tentou nos separar, mas ficamos firmes, cada um segurando a mão do outro com o máximo de força possível. Girando de novo, me peguei olhando para a água que corria ao nosso encontro. Meus olhos estavam lacrimejando por causa do vento, mas mesmo assim as ondas pareciam perto demais.

Obriguei-me a me concentrar. Tinha de haver alguma coisa... tentei me lembrar de todos os feitiços que havia lido, mas nenhum parecia adequado. Tinha de inventar um. E se algum tipo de criatura pudesse nos encontrar na metade do caminho e nos levar à ilha? Um pássaro, talvez. Gritei o feitiço enquanto ia pensando, mas duvido de que o volume faça diferença quando se trata de magia.

> Criatura com asas, que passa perto,
> Salve-nos do fim que é quase certo.
> Pegue-nos antes de eu despencar
> Na areia ou na água do mar!

Virei a cabeça para um lado e para o outro, esperando ver uma ave marinha enfrentando os ventos para nos resgatar. Quando nada apareceu, fechei os olhos e apertei a mão de Eadric, lamentando tê-lo colocado numa encrenca daquelas. Tombando pelo ar, esperei me chocar na água a qualquer momento, por isso não soube o que pensar quando bati em alguma coisa dura e parecendo de couro, que cedeu sob meu corpo. Fiquei ainda mais confusa quando abri os olhos. Tínhamos caído numas costas largas e pretas, saltando logo acima de uma onda enorme.

— Segurem firme! — gritou uma voz, mas não havia em que segurar a não ser a borda de couro ondulante da criatura. Eadric e eu nos agarramos no momento em que aquela coisa bateu na água e mergulhou sob a superfície. Senti a pressão mudar quando a onda rugiu passando sobre nossa cabeça.

Que tipo de pássaro é esse?, pensei, espiando através da água borbulhante. Fomos mais fundo, deslizando entre as ondas onde a água era escura e tenebrosa. Examinei a criatura do melhor modo que pude, mas ela não fazia sentido. Não tinha penas nem asas, mas se movia como um pássaro. Seu grande corpo em forma de cunha era liso e preto, com um par de chifres enrolados, mas não tinha cabeça que eu pudesse ver. Não havia animal em terra com o qual aquilo pudesse ser comparado, por isso eu não sabia se deveríamos ficar aliviados pelo resgate ou aterrorizados pelo encontro.

— Como estão indo? — disse a criatura numa espécie de voz borbulhante. Como eu não conseguia localizar seu rosto, não sabia a que parte da criatura deveria me dirigir.

— Quem é você? — perguntei, com a voz também soando estranha debaixo d'água.

— Sou chamado de Manta. E o que são vocês dois? Nunca vi peixes assim antes, e vocês não têm pêlo como as focas.

Eadric riu.

— Não somos peixes. Somos sapos, ou pelo menos somos agora.

— Sapos, é? — perguntou Manta. — Nunca ouvi falar em sapos antes. Vocês devem ser raros.

— Tão raros quanto príncipes encantados — disse Eadric, estufando o peito.

— Isso não é raro. Eu gostaria de ter um bocado de plâncton para cada príncipe encantado que já encontrei. Por falar em plâncton, vocês se importam se eu comer um pouquinho?

Manta subiu para a superfície enquanto desenrolava seus chifres, que eu percebi que não eram chifres de verdade, e sim um modo de canalizar a água turva para o que devia ser sua boca.

— Você não acha que ele come sapos, não é? — sussurrei no ouvido de Eadric.

Eadric espiou adiante, para onde a água turva desaparecia numa velocidade espantosa.

— Duvido. Pelo jeito acho que prefere sopa.

Outra onda se enrolou sobre nossa cabeça. Segurei a borda lisa da criatura, ofegando quando ela mergulhou no coração da onda. Voando abaixo da violência da superfície, o corpo de Manta subia e descia enquanto suas asas triangulares nos levavam pela água. Os movimentos rítmicos eram tranqüilizadores e muito mais confortáveis do que o tapete voador. Seria pacífico se não fosse o rugido abafado da tempestade e os estranhos estrondos e uivos que ficavam mais claros quando Manta mergulhava.

— O que é esse som? — perguntei.

— Só as baleias conversando — gorgolejou Manta. — Dizem que a tempestade está passando.

Depois de um tempo as vozes das baleias sumiram, substituídas por uma série de guinchos e assobios agudos.

— Isso é outra baleia? — perguntei.

— É um golfinho. Esses caras são uns tremendos comediantes. Sempre inventam piadas novas. Ei, já ouviram essa? Por que o golfinho atravessa o oceano?

— Como é que a gente ia saber? — disse Eadric. — Nunca vimos um golfinho!

— Vocês não precisam ter visto um. É uma piada! Anda, vamos tentar de novo. Por que o golfinho atravessa o oceano?

— Não sei — disse eu. — Por quê?

— Para chegar no outro lado.

Eadric grunhiu e fez uma careta.

— Desculpe se não entendemos sua piada, Manta, mas não estamos familiarizados com o oceano. Fizemos uma longa viagem para achar minha avó — falei. — Ela está numa ilha aqui perto e precisa da nossa ajuda.

Manta baixou uma das asas e se virou abruptamente.

— Só há uma ilha nessa parte do mar. Levo vocês lá em três sacudidas de uma cauda de sereia. Segurem firmes, vou dar uma olhada.

Batendo as asas em movimentos longos e poderosos, Manta disparou para a superfície, saltando direto no ar e girando antes de cair. O sol havia baixado e as nuvens iam desaparecendo no horizonte. Apesar de as ondas ainda estarem altas, não se pareciam com o que tinham sido havia apenas algum tempo.

Uma ilha se destacava à nossa direita. Era um lugar lindo, com estranhas árvores com folhas compridas no alto e uma praia branca. Captei um rápido vislumbre de cabanas e pessoas usando roupas coloridas, mas Manta caiu de novo na água antes que eu pudesse ver algo mais.

Circulando a ilha, Manta nos trouxe perto da praia num lugar solitário bem depois das cabanas. Pulei na água rasa ao lado de Eadric, que saiu o mais rápido que pôde. Segurando-me em Manta para que as ondas não me levassem para longe, falei:

— Obrigada pela ajuda. A maioria das criaturas não se incomodaria com isso.

— O prazer foi meu — respondeu Manta, com as bordas ondulando. — Adoro conhecer criaturas estranhas, e vocês dois estão entre as mais estranhas que já conheci.

Seis

Eadric tinha me esperado na beira d'água. Estava franzindo a testa, e eu soube que seu humor não era bom.

— Gramina estava certa quando disse que você deveria exercitar seus feitiços. O que estava pensando com esse último? Criatura com asas? Você poderia ter invocado qualquer coisa, desde um mosquito até um dragão!

— Estava tentando chamar um pássaro.

— Tremendo pássaro — disse ele.

— Pelo menos eu tentei! Não vi você fazendo nada para nos salvar.

— Hah! — Eadric se virou e foi pulando meio rígido pela praia. Segui apenas alguns passos atrás, cansada, com sede e uma terrível dor de cabeça.

— Temos de achar água doce — falei para as costas rígidas de Eadric.

— É o que eu estou fazendo agora — resmungou ele. — Pensei ter visto o sol se refletindo em água atrás dessas árvores.

— Espero que você esteja certo — murmurei.

Apesar de a chuva ter refrescado a areia temporariamente, ela já estava ficando quente sob nossos pés. Tentei dar pulos compridos para que os pés não tivessem de tocar o chão escaldante com tanta freqüência.

Estava tentando acompanhar Eadric quando dei uma trombada numa bola marrom coberta de pêlos ásperos e grossos. A bola rolou de lado, revelando um pequeno siri verde. Recuei quando o siri bateu suas pinças no ar. Um coro de pinças saltou em volta de mim; eu estava rodeada por siris ainda maiores e de aparência mais maligna do que o primeiro.

— Eadric! — gritei, pulando de um lugar vazio para outro enquanto outros siris me ameaçavam com suas pinças.

— Aqui, Emma! — Eadric tinha ultrapassado a maioria dos siris antes que eles tivessem nos notado. Pulei de novo, mas um siri correu para a frente sem que eu esperasse e eu caí nas costas dele, virando-o ao contrário quando pulei de novo.

Cerca de uma dúzia de outros correram para bloquear meu caminho.

— Por aqui! — gritou Eadric.

Os siris foram atrás dele, deixando uma abertura. Eu sabia que não teria chance contra as pinças enormes dos caranguejos maiores, por isso me abaixei, retesei os músculos e saltei o mais longe que pude, voando sobre a cabeça deles. Apesar de ter conseguido passar pelos siris, caí de cara, enchendo a boca de areia.

Pulamos para longe o mais rápido possível e só paramos quando chegamos ao laguinho de água doce que Eadric tinha visto. Enquanto ele nadava pelo lago, lavei a areia da boca, cuspindo até que ela não arranhasse mais a língua.

A água era mais quente do que eu estava acostumada, e a sensação era maravilhosa. Ainda assim, eu mal podia esperar para procurar Gramina. Mesmo que ela tivesse pousado em segurança, eu tinha certeza que minha tia estaria preocupada comigo. Mas antes de irmos a qualquer lugar precisávamos virar humanos outra vez. Não havia como saber que outras criaturas poderíamos encontrar na ilha.

Não querendo me tornar prematuramente velha de novo, relutei em tentar outro feitiço, por isso comecei a olhar em volta, imaginando o que poderia usar para provocar um espirro. Vi Eadric caçando insetos na beira d'água e já ia chamá-lo quando notei as flores vermelhas mais lindas. Nem pareciam ser de verdade, com o centro dourado e pétalas compridas e enroladas, e eu não podia resistir à ânsia de tocá-las.

Sempre fui fascinada por flores, talvez porque fossem proibidas no castelo dos meus pais. Quando eu era menor, tinham-me dito que mamãe e titia eram alérgicas a elas, e só recentemente eu havia conhecido a verdade sobre a maldição da família. Como a maldição só funcionava depois do 16º aniversário e eu ainda não tinha feito 15, continuava imune.

Dava para sentir o perfume das flores mesmo estando a metros de distância. Saindo da água, estendi a mão para um caule e puxei até estar com a flor nas mãos em concha. A coceira começou na primeira cheirada. Respirei de novo, mais fundo do que da primeira vez.

— Eadric! — gritei. — Eu vou... eu vou... *A-tchim*!

O jorro espumante aconteceu quase instantaneamente. Num instante eu era uma sapa na ponta dos pés, cheirando uma flor, no outro era uma princesa agachada sobre uma flor que continuava nas minhas mãos. Ouvi um grito e vi Eadric saindo do laguinho, com as roupas e o cabelo pingando água. Estava com o riso mais idiota, e eu não consegui evitar uma gargalhada. Ri, uivei, chiei como sempre faço. Alguma criatura invisível se sacudiu na folhagem à beira do lago. Um bando de pássaros de vozes agudas saltou de uma árvore próxima. Eadric se juntou, rindo tanto que se dobrou ao meio, com os braços envolvendo a barriga.

— Nunca mude o seu riso, Emma — disse uma voz. — É um modo maravilhoso de achá-la.

Tia Gramina surgiu à luz do sol que rodeava o lago. Seu cabelo escorria pelas costas e ela estava ainda mais desgrenhada do que o normal. Pedaços de folhas se grudavam aos cachos, e a roupa estava suja de areia molhada. Haywood veio para perto, com o pêlo meio seco eriçado e com uma crosta de areia.

— Gramina! — gritei. Ficando de pé, corri para dar um abraço em minha tia e contar a história de como havíamos conhecido Manta. — E o que aconteceu com vocês depois de cairmos? — perguntei enquanto nos juntávamos a Eadric perto do lago.

— Foi uma luta até chegarmos. Eu só notei que vocês tinham desaparecido quando estávamos quase na ilha. Quando vi que não estavam ali, fiz o tapete voltar. Nunca me ocorreu que poderiam ter se transformado em sapos de novo. Não é de espantar que não os encontrássemos!

— Então, o que fizeram?

— Viemos à ilha para esperar o fim da tempestade — disse Haywood. — Mas o vento tinha ficado mais forte e tivemos um pouso difícil.

Gramina balançou a cabeça.

— Não vimos grande coisa, mas não acho que exista um pântano. A ilha não é muito grande.

— A imagem no pergaminho... — começou Eadric.

— Era um truque para trazer as bruxas para cá, se não estou enganada — disse titia. — Conhecendo aquele grupo, um pântano infestado de cobras seria uma atração maior do que uma praia tropical.

— Você acha que as bruxas podem estar na praia? Eadric e eu vimos pessoas e cabanas.

— Então é lá que devemos começar a procurar. Venha, docinho de coco — disse Gramina, afagando o pêlo de Haywood.

— Vamos ver se conseguimos achar minha mãe.

Eu não estava feliz em andar embaixo das árvores, já que não queria encontrar os caranguejos de novo, mas não havia como evitar. No entanto não precisei ficar preocupada. No momento em que viu os caranguejos Haywood lambeu os lábios e saltou pela areia perseguindo um grande e gordo, fazendo com que o resto se escondesse. Enquanto Gramina esperava sua volta, Eadric e eu continuamos andando.

Estávamos sozinhos no meio das árvores quando Eadric falou:

— Então, que tal um beijo? Ainda não ganhei um hoje.

Ele deu um passo mais perto, me encostando numa das árvores de copa alta, e se inclinou para mim com a mão apoiada no tronco.

— Um beijo? Com todas as coisas que temos de fazer, você só consegue pensar nisso?

Eadric riu.

— Às vezes. Outras vezes penso em cavalos, em me exercitar com espadas ou no que vou jantar, mas nenhuma dessas coisas parece importante quando estamos sozinhos nesta bela ilha.

— Quer dizer que neste momento eu sou mais importante do que cavalos?

— E do que o jantar. Meu estômago ainda não se acalmou, por isso ainda não estou com fome. Vou ganhar aquele beijinho?
Revirei os olhos.
— Depois dessa explicação romântica seria quase impossível recusar, mas eu consigo — falei, passando por baixo do braço dele.
— Ei! O que há de errado? Você me beijou no outro dia.
— Está certo, beijei. Naquela hora não devia ter nada mais importante em que pensar.
Com Eadric atrás, passei rapidamente pelas últimas árvores e saí na praia. Havia pessoas ali, espalhadas na areia como flores multicoloridas. Todas eram mulheres idosas usando vestidos largos feitos de tecido vibrante. As mangas eram curtas, deixando os braços expostos. Ainda que mamãe pudesse ficar chocada, achei aquilo prático para o clima tão quente. Já estava suando com meu vestido de mangas compridas.

Pequenos grupos de mulheres caminhavam à beira d'água, rindo quando as ondas molhavam os pés e as pernas. Paravam de vez em quando para pegar objetos que a tempestade tinha jogado, exclamando sobre as descobertas como crianças numa caça ao tesouro.

Outras mulheres trabalhavam em projetos separados. A mais próxima era uma velha com vestido amarelo e laranja, ajoelhada perto de um castelo que estava construindo com areia. Como o castelo estava ao alcance da água, ela ficava constantemente consertando as paredes e as torres, ajeitando a areia com uma grande concha do mar.

— Olá! — disse ela, erguendo a cabeça quando nos aproximamos. — Venham ver meu castelo! É uma beleza, não é? Olhem o que acontece quando a água enche o fosso. Veja, parece de verdade!

A água de uma das ondas maiores tinha passado trazendo areia, enchendo o fosso e roçando de leve as paredes do castelo. Batendo palmas, a velha sentou-se nos calcanhares e ficou olhando a onda recuar.

— Você fez um lindo trabalho — disse Gramina, saindo de entre as árvores. — Construiu sozinha?

— Claro. Ninguém trabalha a areia tão bem. Sou a única que consegue fazer uma ponte ou moldar torres assim — disse a mulher, dando tapinhas de leve numa delas.

— Então a senhora conhece todo mundo na ilha?

A velha assentiu.

— Não somos muitas. Todas moramos ali — disse ela, apontando para um grupo de cabanas próximas.

— Eu conheço aquela mulher — murmurou Gramina assim que continuamos o caminho. — Mas juro que ela não me reconheceu. Seu nome é Hennah e não está se comportando do jeito normal.

— Ela pareceu boazinha — falei, olhando por cima do ombro.

— É mesmo, o que não é nem um pouco normal. Normalmente, ela odeia pessoas e faz o máximo para deixar isso claro.

— Todas as bruxas da comunidade do retiro devem estar aqui. Deveríamos ter perguntado a Hennah onde poderíamos achar vovó.

— Lá está outra bruxa — disse Eadric, apontando para mais adiante na praia. — Vamos perguntar a ela.

Uma velha com cabelos brancos encaracolados, tão compridos que roçavam a areia, estava curvada catando conchas. Ergueu os olhos quando nossas sombras cruzaram seu caminho.

— Bom dia — disse Gramina. — Eu gostaria de fazer uma pergunta. A senhora conhece alguém chamada Olivene?

A velha se empertigou e afastou uma mecha de cabelos dos olhos.

— Acho que não — falou numa voz meio rouca.

— Poderia dizer o seu nome? — perguntei.

A velha ficou perplexa.

— Acho que não lembro...

— Tudo bem — falei rapidamente. — Desculpe ter atrapalhado a senhora.

A velha ergueu as mãos juntas, abrindo-as para revelar uma variedade de conchas.

— Querem ver minhas conchas? Achei umas lindas. Devem ser as mais bonitas de todo o mar!

— Talvez em outra hora — disse minha tia. — Temos de fazer uma coisa primeiro.

Como a bruxa estava ocupada com suas conchas, foi fácil nos esgueirarmos. Olhei para Gramina. A expressão preocupada em seu rosto me apavorou.

— Aquela era Cadmilla, uma das bruxas mais malignas que existem. Todo mundo sabe que ela tentou matar a enteada.

— Mas ela pareceu boazinha também! — falei.

Gramina balançou a cabeça.

— Não faz sentido, faz? Se até a personalidade delas mudou...

— Elas devem ter perdido a memória totalmente — disse Eadric, enfiando a ponta da bota na areia.

— Eadric! — falei espantado com sua inteligência. — Aposto que é isso!

— Faz sentido, não é? Elas nem conseguem lembrar o próprio nome, quanto mais quem é Gramina ou Olivene. Se nem isso conseguem lembrar, provavelmente não podem se lembrar de muita coisa.

Protegendo os olhos com a mão, olhei pela praia.

— Temos de procurar vovó. Ela deve estar por aí.

Finalmente achamos vovó deitada num cobertor, dormindo a sono solto. Seu rosto estava relaxado, sem as linhas cruéis que em geral lhe marcavam a pele, e parecia meio doce ali deitada. Quase não a reconheci.

— Acha que devemos acordá-la? — sussurrei para titia. — Ela parece tão pacífica!

— Que barulho é esse? — disse vovó, virando a cabeça para nos encarar.

Minha tia assumiu um ar de desafio, o modo como geralmente agia perto da mãe.

— Viemos procurar você.

— Por quê? Eu conheço vocês? Não importa. Estou tirando um cochilo. Vão chatear outra.

Vovó se virou de lado, dando as costas para nós. Talvez fosse a maldição, mas mesmo sem memória vovó era a bruxa mais terrível por ali.

Gramina balançou a cabeça e se afastou, sinalizando para eu ir atrás.

— Isso pode demorar um tempo — disse assim que estávamos fora do alcance da audição de vovó. — Por que você e Eadric não vão ver o que mais podem descobrir sobre a ilha? Quanto mais soubermos, mais cedo poderemos trazer de volta a memória de sua avó e pedir que ela reverta o feitiço de Haywood.

— Vamos levar vovó de volta quando formos embora?

— Depende do que ficarmos sabendo. Tenham cuidado. Há mais coisas acontecendo aqui do que você pode imaginar.

Sete

Eadric e eu fomos pela praia na única direção que ainda tínhamos para explorar. Apesar de não vermos ninguém, notamos uma cabana afastada. Maior do que as outras, tinha o mesmo teto de palha em forma de cone e paredes feitas de paus e se situava numa pequena língua de terra que dava para a praia de um dos lados e para uma baía cercada de árvores do outro.

À medida que chegávamos mais perto, pudemos ver que havia alguma coisa acontecendo dentro da cabana. Uma voz áspera e rouca estava gritando:

— Eu também! Eu também!

E uma voz mais profunda e menos distinta respondia.

Apesar de ser dia, devido a todo o mato nós pudemos nos esgueirar e espiar dentro sem que ninguém notasse. Só vi uma pessoa, um velho baixo com cabelos brancos, barriga protuberante, bigode enorme e barba bem aparada. Vestido com um manto azul-claro que ia até os joelhos, o velho usava um chapéu mole, de quatro pontas, que ameaçava cair sempre que ele virava a cabeça. Tanto o manto quanto o chapéu eram decorados com estrelas prateadas, e um cordão feito de estrelas maiores brilhava em volta do pescoço.

Um grande pássaro verde e vermelho com bico bem desenvolvido estava empoleirado perto dele.

Numa mesa encostada à parede, conchas cor-de-rosa e brancas prendiam as bordas de um pergaminho novo. Havia uma pena de escrever, pingando tinta ao lado de um pequeno tinteiro de barro. De onde eu estava agachada, dava para ver que o pergaminho estava limpo, a não ser por algumas palavras escritas e um borrão de tinta.

— Estou cansado disso! — resmungou o velho.

— Eu também — guinchou o pássaro, andando de um lado para o outro no poleiro.

— Mal posso esperar até que a gente termine e volte para casa.

— Eu também!

— Queria que você pensasse em outra coisa para dizer!

— Eu também!

A pálpebra esquerda do feiticeiro estremeceu.

— Sabe, a princípio era engraçado, mas agora só é irritante. Pare de dizer "Eu também", Eutambém!

— *Pffft!* — O pássaro fez um som mal-educado com o bico.

— Pára com isso! Não sei por que eu agüento você!

— *Grack!* — disse o pássaro.

O velho balançou um dedo gorducho.

— Sua ave estúpida. Se não fosse você, nós teríamos terminado e já estaríamos fora daqui!

— *Auq!* — guinchou o pássaro. — Não me culpe, Velgordo! Eu disse que mentir a um bando de bruxas velhas iria colocar você em encrenca, mas você tinha de roubar a memória delas...

— Pareceu uma boa idéia — disse Velgordo. — Todas aquelas memórias só esperando para ser engarrafadas. Assim que achei o livro, foi apenas questão de tempo.

— Você não ia precisar disso se bolasse seus próprios feitiços.
Velgordo balançou a cabeça.
— Esse não era o ponto. Aquelas bruxas já foram as líderes em seu campo de atividade. Ao colecionar os feitiços delas estou prestando um serviço ao mundo da magia.
— Então não grite comigo quando não gostar do que ouvir. Nem você poderia esperar que aquelas lembranças antigas fossem agradáveis.
Andando no poleiro, o pássaro virou a cabeça de lado para olhar o velho mago.
— Nunca pensei que elas seriam tão más — gemeu Velgordo.
— Não consigo suportar mais!
Alguma coisa chacoalhou e eu espiei por cima do parapeito da janela para ver o que era. Uma fileira de garrafas enchia uma prateleira presa à parede oposta. Uma garrafa era de um amarelo doentio misturado com violeta; outra era cinza com pintas roxas, cor de hematoma. Enquanto algumas garrafas chacoalhavam, uma que era da cor de sangue seco parecia a ponto de se jogar da prateleira.
— Já acabaram? — disse uma voz áspera. — Estou cheia de ouvir vocês dois arengando. Fechem a boca e escutem antes que eu transforme os dois em baratas!
— Você é tão cheia de pose! — disse outra voz, mais esganiçada do que a primeira. — Agora não pode lançar feitiços. Não passa de uma lembrança.
— Quietas, velhas. É minha vez e eu vou dizer o que acho. *Rrram* — disse uma voz rouca pigarreando com a garganta inexistente. — Eu me casei com um rei viúvo que me adorava por causa da beleza. Mantive o esplendor por anos com uma loção preparada com o pó de mil asas de borboletas e leite de dois

alqueires de favas de asclépia. Fui feliz durante muito tempo, já que era a mais bonita da Terra. Mas então minha enteada fez 16 anos e arruinou tudo porque era ainda mais linda.

— Mil asas de borboletas... — murmurou o velho enquanto rabiscava no pedaço de pergaminho.

Outra bruxa cacarejou:

— Você desperdiçou a vida tentando continuar bonita enquanto eu passei os dias dando uma lição a quem merecia. Todo dia eu esperava que alguém entrasse no meu bosque. Se uma donzela dividisse o lanche comigo, eu lançava um feitiço para que, a cada vez que ela falasse, pérolas e pedras preciosas saíssem de seus lábios. As donzelas que se recusavam a dividir a comida soltavam sapos, cobras e lagartos se retorcendo pela garganta.

— E se fosse um cavalheiro em vez de uma donzela? — perguntou o velho.

— Os cavalheiros generosos recebiam espadas de valor ou mantos encantados. Quanto aos fedorentos...

Uma voz familiar interveio:

— Eu também transformava pessoas, mas nem sempre por ser egoísta. Transformei o noivo da minha filha numa lontra porque não achava que ele fosse suficientemente bom para ela. Quando contei o modo de quebrar o feitiço, fiz a coisa de modo tão complicado que ele ia acabar esquecendo.

— É a sua avó? — sussurrou Eadric no meu ouvido.

Confirmei com a cabeça, silenciando-o com o dedo levantado.

— Então conte o que você disse! — exigiu uma voz.

— Acho que não vou contar. Foi delicioso demais!

Anda, pensei. *Conta a elas!*

— Isso não é justo! Eu contei minha receita de beleza.

— Nós não vamos contar nada a você, se não contar também.

— Ah, certo, se querem ser chatas assim. Eu lembro palavra por palavra, porque era perfeito demais.

Um diáfano fio de cabelo da madrepérola,
O hálito de um verde dragão.
Uma pena de um cavalo velho,
A casca de um mágico feijão.

— Sei o que você quer dizer. Ele não poderia acertar isso.

— Não era impossível, veja bem, caso contrário não teria funcionado.

— Mas uma lontra lembrar isso, ou achar metade das coisas...

— Por quanto tempo ele permaneceu como lontra?

— Pelo que sei, ainda é! — guinchou vovó.

As gargalhadas saídas das garrafas me deixaram com tanta raiva que senti vontade de sacudi-las.

— Agora é minha vez! — gritou uma voz acima da balbúrdia. — Eu tenho uma história.

Recuei da janela, puxando a manga de Eadric.

— Está na hora de irmos — sussurrei. — Já escutamos o que queríamos.

— Mas está ficando bom! — sussurrou ele, um pouco alto demais.

— O que foi isso? — perguntou o pássaro. — Acho que escutei alguma coisa.

— Você vive escutando alguma coisa — respondeu o feiticeiro. — Provavelmente é uma semente solta chacoalhando no seu crânio.

O guincho ultrajado do pássaro doeu nos meus ouvidos.

— Sementes soltas! Eu vou lhe dar sementes soltas! — *Plip! Plip! Plip!* A última coisa que vi pela janela antes de começar a correr foi o pássaro jogando sementes no velho.

Achamos Gramina sentada no cobertor ao lado de vovó, que tinha adormecido de novo. Haywood estava caçando gaivotas de um lado para o outro na praia e parecia se divertir tremendamente.

— Achamos a resposta! — falei. — Você tem de vir conosco.

— Há um mago velho e pequeno chamado Velgordo... — começou Eadric, mudando o peso do corpo de um pé para o outro.

Gramina se levantou e espanou a areia do vestido.

— Velgordo? Não sabia que ele ainda estava vivo. Faz anos que não ouço alguém mencionar o nome dele — disse ela, séria.

— Ele tem péssima reputação.

— É Velgordo que está por trás disso tudo — disse Eadric. — Você deveria ver a cabana do sujeito. Ele pôs as memórias em garrafas e guarda todas numa prateleira.

Gramina começou a andar e nós corremos para alcançá-la.

— Ele está com as memórias agora? — perguntou ela, com um brilho decidido nos olhos. — Tem certeza?

— Nós mesmos ouvimos as memórias! — disse Eadric. — Ele estava discutindo com um pássaro. É do tamanho de um corvo, mas é verde e vermelho e tem um bico muito maior.

— Pelo visto, parece um papagaio.

— E então outras vozes começaram a falar — disse eu. — Diziam que eram memórias, mas não eram muito legais.

Gramina balançou a cabeça.

— Não, não deviam ser mesmo. Um grupo de bruxas malignas mora naquela Comunidade do Retiro. Talvez todas as boas tenham ido embora, ou nunca tenham ido para lá, assim que souberam quem já vivia naquele local. Nem todas as bruxas velhas são más.

— Isso é bom — disse Eadric, sorrindo para mim. Em seguida apontou para a cabana mais adiante na praia. — Nós chegamos perto da janela e ouvimos sua...

Gramina levantou a mão pedindo silêncio.

— Vocês fizeram muito bem, mas acho melhor ficarem do lado de fora. A coisa pode ficar desagradável por lá.

De novo Eadric e eu nos agachamos embaixo da janela de Velgordo. Ao ouvir minha tia bater na porta, espiei por cima do parapeito, tendo o cuidado de permanecer fora das vistas. O velho levou um susto.

— Quem você acha que pode ser? — perguntou Velgordo ao papagaio.

O papagaio guinchou e jogou outra semente contra ele.

— Você é o mago. Diga você!

Velgordo tirou o chapéu, deixando sementes caírem no chão. Era careca, a não ser por uma faixa de cabelos na nuca, indo de uma orelha à outra. Franzindo a testa, ele coçou a careca antes de recolocar o chapéu.

— Entre — gritou com a pálpebra tremendo tanto que parecia uma coisa viva tentando fugir.

Quando Gramina abriu a porta, todo o sangue sumiu do rosto de Velgordo. Murmurando baixinho, ele começou a enfiar a mão numa dobra do manto, mas Gramina apontou um dedo.

Nenhuma palavra, nenhum gesto você irá fazer!
Fique em silêncio, se a vida quiser manter!

A boca de Velgordo se escancarou e parecia que ele ia falar. Quando nada saiu, seus olhos assumiram um ar selvagem. O maxilar se sacudiu e o pomo-de-adão ficou subindo e descendo.

O papagaio guinchou, balançando a cabeça como um brinquedo quebrado.

— Olha só! É a primeira vez que vejo o velho sem fala. Você deveria ter vindo antes. Bom, a gente...

Gramina franziu os lábios e estreitou os olhos, uma expressão que costumava significar que alguém estava encrencado.

— Silêncio, pássaro, ou nunca falará de novo — disse ela.

O bico do papagaio se fechou com um estalo.

Gramina assentiu, aparentemente satisfeita.

— Agora vamos aos negócios.

Apontando o dedo de novo para o velho, recitou o feitiço da sinceridade.

Que a verdade seja conhecida
Chega de histórias curtas ou longas.
Que as palavras que precisamos ouvir
Saiam de teus lábios sem mais delongas.

De hoje em diante só dirás a verdade.
Só há um modo de o feitiço ser quebrado.
Três atos generosos terás de fazer
Para ajudar um estranho necessitado.

Era um feitiço que eu já ouvira. Havia apenas alguns meses um cavaleiro tinha alardeado que era responsável pela morte de um dragão que aterrorizava um reino vizinho. Quando alguém questionou a história do cavaleiro, Gramina foi chamada para verificar a verdade. Era uma questão importante, porque quem matasse o dragão teria a mão da princesa e metade do reino. Por acaso um cavalariço do estábulo do rei é que fora o responsável, o que agradou à princesa, porque o rapaz era muito mais bonito do que o cavaleiro. A verdade provavelmente nunca viria à tona se não fosse por Gramina.

Quando minha tia terminou de dizer o feitiço, os olhos de Velgordo se arregalaram e suas mãos começaram a tremer. Imaginei se ele tinha ouvido falar naquele feitiço e sabia o que realmente significava.

— Pode falar agora — disse Gramina. — Mas devo dizer que você deveria ter vergonha. Não foi a primeira vez que fez alguma coisa assim, garanto.

— Não, eu já fiz a mesma coisa antes. — Enquanto falava, uma expressão de horror alterava as feições de Velgordo. Recuando, ele apertou a boca com as duas mãos.

— Diga: como pegou as lembranças delas?

Velgordo balançou a cabeça, mas isso não adiantou, porque as palavras se derramavam, não importando o que ele fizesse.

— Comprei um livro de um mercador que não sabia o que estava vendendo. A maioria dos feitiços era inútil, mas eu experimentei o de memória e funcionou. Eu sou terrível para bolar meus próprios feitiços, por isso pensei que esse era perfeito para conseguir alguns bons.

O papagaio guinchou e jogou outra semente contra Velgordo.

— Pára de falar, seu idiota! Você vai contar tudo a ela! Já não colocou a gente em encrenca que bastasse?

— Não posso evitar! — gemeu Velgordo.

O olhar de Gramina voltou do papagaio para Velgordo.

— Como conseguiu que as velhas viessem para a ilha?

— Menti. Disse que tinha encontrado uma fantástica área de pântano e que ia vender a preço de banana. Quando mostrei imagens do lugar, elas quiseram partir imediatamente.

— Como trouxe todas para cá?

— O feitiço também estava no livro. As bruxas precisavam de alguma coisa em que se concentrar, por isso eu lhes dei sacos de areia. Liguei as vassouras com um feitiço e tirei as memórias no momento em que elas pousaram.

Gramina assentiu, como se alguma suspeita tivesse acabado de se confirmar.

— Onde está o livro?

— Não diga a ela, seu idiota! — gritou o papagaio.

Velgordo lutou para ficar de boca fechada, espremendo os lábios com os dedos. Quando tentou falar mesmo assim, suas palavras saíram ininteligíveis. Gramina suspirou e apertou o nariz dele, para que o velho fosse obrigado a respirar pela boca. O mago se segurou o quanto pôde, mas, quando seu rosto começou a ficar azul, ele soltou os lábios, ofegou uma vez e falou num jorro:

— Está no baú debaixo da mesa!

— *Aargh!* — berrou o papagaio. — Agora você estragou tudo, seu velho imbecil!

Velgordo começou a chorar lágrimas enormes. Quando Gramina foi na direção da mesa, o papagaio soltou um guincho de partir os ouvidos e voou para ela numa confusão de bico e asas. Senti movimento ao meu lado e um corpo peludo saltou entrando pela janela. Apesar de eu não saber que Haywood tinha se juntado a nós, ele parecia saber exatamente o que estava acontecendo. Num átimo acertou o pássaro e o grudou no chão. O papagaio bateu as asas na cara dele e tentou mordê-lo, mas acho que a lontra estava acostumada com comida pouco cooperativa, porque sabia como segurá-lo sem se machucar.

— Haywood, querido, tenha cuidado! — disse Gramina.

— Estou bem, meu amor — garantiu a lontra antes de voltar ao pássaro. Apertando o papagaio que se sacudia, falou: — Se não parar com isso agora mesmo vou arrancar esse bico e enfiar pela sua garganta abaixo.

O bico do papagaio se fechou com um estalo, e ele sacudiu as asas para o lado.

— Você não ousaria — disse o papagaio.

Haywood deu um sorriso sério.

— Experimente.

— O que está acontecendo aí? — perguntou uma memória.

— Quem é?

— Escutei a voz da minha filha Gramina — disse a voz de vovó. — Eu reconheceria aquela ingrata em qualquer lugar.

Os lábios de titia se enrolaram como se ela tivesse sentido um gosto ruim.

— Olá, mamãe. Se não se importa, estou meio ocupada agora.

— Que diferença faria se eu me importasse? Meus sentimentos nunca importaram para você mesmo. Mas não se preocupe, vou fechar a boca e deixar você fazer suas coisas importantes, ó alteza.

Ignorando as outras memórias que continuavam a murmurar entre si, minha tia levantou a tampa do baú e olhou dentro. Quando se sentou estava segurando um volume marrom.

— É este o livro? — perguntou, erguendo-o para que Velgordo visse.

O velho assentiu, fungando na manga. Todo o seu corpo pareceu se afrouxar.

— Bom — disse ela enfiando o livro na bolsa. — Então não vai precisar mais dele.

— De certa forma estou feliz porque alguém apareceu — disse Velgordo, enxugando as lágrimas das bochechas. — As memórias dessas bruxas velhas estavam me deixando maluco. Nunca se viu um punhado de mulheres mais malignas. Quando penso em todo o esforço que coloquei nisso sem conseguir informações que valessem a pena... Elas sabem fofocar, sem dúvida, e adoram contar vantagem, mas fazer com que descrevam seus feitiços de verdade...

— Fofocar? — guinchou uma memória. — Ouviram isso, senhoras? O velho xexelento chamou a gente de fofoqueiras! Espere só até a gente pôr as mãos em você, seu velho...

— Vocês não têm mãos — disse Velgordo, sorrindo por entre as lágrimas.

Gramina suspirou e balançou a cabeça.

— Como posso devolver as memórias às donas?

— Quebre as garrafas — respondeu Velgordo, ofegando quando percebeu o que tinha dito. — Mas, por favor, se você tem alguma decência, deixe-me ir embora primeiro. Essas morcegas velhas adorariam me despedaçar.

— Depois do que fez, talvez seja exatamente o que merece.

Com um gemido agonizante o velho caiu de joelhos e levantou as mãos cruzadas na direção da minha tia.

— Por favor, eu imploro, deixe-me ir!

— Levante-se, velho, e saia daqui. Mas é melhor correr porque vou quebrar cada garrafa que está nesta sala. Não há nenhuma outra, há?

— Todas estão na prateleira!

Gramina estendeu a mão para uma das garrafas.

— Ainda está aqui? — perguntou a Velgordo.

— Não! Não, espere! — O velho se moveu mais depressa do que eu acharia possível. — Venha, Eutambém — falou arrancando o papagaio das patas de Haywood.

Com o pássaro enfiado sob um dos braços, Velgordo arrastou o baú de sob a mesa e entrou dentro. O papagaio sibilou para a lontra, enquanto o velho lançava um último olhar pela sala, antes de fechar a tampa. Ouvi-o murmurar alguma coisa, depois o baú começou a se mover, levantando-se do chão e deslizando pela porta com tanta suavidade quanto óleo sobre a água, passando por Eadric e por mim a caminho do oceano.

Oito

Assim que Velgordo sumiu, Eadric e eu entramos correndo na cabana. Juntamo-nos a Gramina perto da janela, para ver o baú roçando o topo das ondas.

— Aquele feitiço deve atrapalhar um pouco o estilo dele, não é? — disse Eadric.

— Espero que sim — respondeu Gramina. Em seguida levou uma garrafa preta e verde até a janela, onde a luz direta do sol a fez parecer doentia. — É quase uma pena soltar essas coisas. As bruxas velhas são muito melhores sem suas memórias. — Sinalizando para as prateleiras, falou: — Gostariam de me ajudar com as garrafas?

Eadric riu.

— Como poderíamos resistir?

— Vou esperar lá fora — disse Haywood, e jogou um beijo para Gramina. — Estou indo agora.

— Obrigada pela sua ajuda, querido — disse Gramina, enquanto a lontra corria porta afora. — Você foi maravilhoso!

Nós nos revezamos espatifando as garrafas contra a parede dos fundos, jogando-as uma de cada vez. À medida que cada garrafa se quebrava, as memórias voavam da cabana em redemoinhos oleosos e multicoloridos. Quando todas estavam quebradas, Eadric e eu seguimos Gramina pela porta, surpresos ao ver que o sol estava se pondo. Passamos por um grupo furioso tramando a vingança contra Velgordo. Três bruxas já haviam partido em perseguição ao feiticeiro.

Estávamos atravessando a praia quando Haywood se juntou a nós, trotando.

— Podemos falar com sua mãe agora? — perguntou à titia.

Gramina abaixou a mão para acariciar suas orelhas.

— Se pudermos achá-la. Ela já deve ter partido.

Vimos vovó inspecionando sua vassoura perto de uma das cabanas. Tinha posto de novo o vestido preto e os sapatos de bico fino que normalmente usava.

— Mamãe, preciso falar com você — anunciou Gramina.

Vovó virou-se e olhou furiosa para titia.

— O que é? Estou com pressa.

Passando por Gramina, Haywood sentou-se nas patas traseiras e olhou para vovó.

— Olá, Olivene. Lembra-se de mim?

— Pelo bafo de um morcego vesgo, se não é aquele imprestável do Henley! Então finalmente o encontrou, não foi, Gramina? Demorou mais do que imaginei, mas você sempre foi meio lenta. Diga, filha, o que ele está fazendo aqui?

— Haywood e eu ainda nos amamos e queremos nos casar.

— Então o que os impede?

Gramina suspirou.

— Vim pedir que você reverta o feitiço e transforme Haywood de novo num homem. É o mínimo que pode fazer, já que salvei sua memória de Velgordo.

Vovó olhou para Haywood, que tinha escolhido esse momento para coçar o rosto com uma das patas.

— Quer um homem, não é? Há muito homem por aí para escolher.

— Mas eu quero Haywood!

O negócio não estava acontecendo como eu tinha pensado. Vovó deveria estar agradecida, ser razoável. Haywood deveria agir menos como uma lontra e mais como um homem. E Gramina não deveria perder a cabeça.

— Vovó — falei, esperando consertar as coisas. — Eu sugeri que eles viessem. Sei o quanto você queria mais netos e achei que se eles se casassem...

— Por que eu iria querer outro neto? A única que eu tenho é o maior desapontamento da minha vida! Você se recusa a seguir a profissão da família, deixa sua mãe pegar no seu pé e nunca pensou no que quer de si mesma. Quando eu tinha sua idade sabia exatamente o que queria fazer, e fiz! Você acha que tudo tem de ser entregue de bandeja, mas a vida não é assim. Caso se importasse com sua família, cuidaria das responsabilidades e aprenderia a ser uma bruxa!

— Isso não é justo! Na verdade eu...

— E quanto a você — disse ela, virando-se para Gramina. — Eu posso ser velha, mas não esqueci por que transformei Horácio numa lontra. Ele não tem talento como você. Vem de uma família cujos bruxos não conseguem fazer uma poção decente sem ler num livro. Esqueça-o. Ele está desperdiçando o seu tempo e seus talentos.

Com um gesto de mão e algumas palavras que pareciam estrangeiras, vovó sinalizou para Haywood, que desapareceu com um *pop* audível.

— Haywood! — gritou Gramina, horrorizada, olhando o lugar vazio onde a lontra tinha estado. — Mamãe, o que você fez?

— Fiz um favor aos dois mandando-o para um lugar muito bom onde ele deve ser perfeitamente feliz, se sobreviver. E vai começar a esquecê-la, Gramina. No terceiro dia terá esquecido até mesmo que já foi humano. Uma hora depois de o sol se erguer no quarto dia, a mudança será permanente. Agora saia do meu caminho. Aquele mago de meia-tigela do Velgordo tem muito que explicar, e eu vou garantir que ele sofra um bocado fazendo isso.

Girando a capa sobre os ombros, vovó passou a perna sobre a vassoura e se inclinou para a frente. Mas, antes que pudesse voar, Gramina saltou à sua frente e agarrou o cabo da vassoura.

— Não, não vai, mamãe. Você não vai sair enquanto não trouxer meu Haywood de volta!

Eu nunca tinha visto minha tia tão furiosa. Seu rosto estava vermelho e as veias saltavam na testa.

— Fora do meu caminho, idiota! — guinchou minha avó. — Não é minha culpa que você seja tão imbecil para não saber quando alguém lhe fez um favor. — Ela estalou os dedos para Gramina. Fagulhas prateadas saltaram das pontas, chiando como gordura numa frigideira. Uma fagulha pousou no pulso de Gramina, queimando-lhe a pele.

Gramina pulou para trás, sinalizando com as duas mãos enquanto murmurava alguma coisa baixinho. Um redemoinho de flocos de neve sussurrou entre as duas, extinguindo as fagulhas com um chiado. Quando a neve se dissipou, minha avó já havia disparado no céu, dando aquela sua gargalhada maligna.

— Horácio não serve para você, Gramina! — guinchou ela. — Esqueça-o!

— Que bruxa horrível! — exclamou Gramina, fazendo uma careta para vovó, que sumia de vista. — Ela não pode fazer isso comigo de novo. Não vou deixar isso assim!

Sacudi fagulhas da minha saia e decidi que nunca usaria a mágica para ferir ninguém. Não tinha me ocorrido que vovó tentasse machucar a própria filha.

— Agora o que vou fazer? — gemeu titia. — Mesmo que eu traga Haywood de volta antes de quatro dias mamãe vai se recusar a transformá-lo de volta.

— Você não precisa de vovó para isso! Eadric tentou lhe dizer antes. Ouvimos quando ela explicou às outras memórias como seria possível reverter o feitiço.

Um fio diáfano do cabelo da madrepérola,
O bafo de um verde dragão.
Uma pena de um cavalo velho,
A casca de um mágico feijão.

Lágrimas escorriam pelo rosto de Gramina. Eu não conseguia me lembrar de ter visto minha tia chorando antes.

— Mas eu preciso achar Haywood! Estou certa de que ela o mandou para algum lugar medonho. Não tenho tempo para achar Haywood e ainda por cima todos esses itens.

— Só precisa achar Haywood — falei. — Eadric e eu podemos começar a procurar as coisas de que você precisa. Vamos encontrá-la de volta no castelo. Hoje é terça-feira, de modo que daqui a quatro dias será sábado. Se trabalharmos juntos, tenho certeza que poderemos conseguir.

— Não sei se devo deixar que façam isso. Pode ser perigoso demais. Vocês vão precisar procurar a madrepérola no mar. Quanto a conseguir o bafo de dragão...

— Essa parte deve ser fácil. Eu sei onde podemos achar um dragão. Encontramos um na floresta encantada.

— Não creio que...

— Por favor, Gramina. É minha culpa você ter falado com vovó. Se eu não tivesse tanta certeza de que ela iria nos ajudar, estaríamos no castelo agora e nada disso teria acontecido. Por favor, deixe-me compensar o erro. Eu consigo fazer isso, sei que consigo.

— Não posso...

— Você me ajudou durante toda a vida, e esta é a primeira vez que posso fazer algo em troca. Por favor, me dê a chance.

Gramina enxugou as lágrimas dos olhos com as costas da mão.

— Tem certeza? Não vai ser fácil.

Eadric interrompeu:

— Claro que vamos fazer. Emma é sua única sobrinha, e eu espero que algum dia... — Ele pôs o braço nos meus ombros.

— Então, acho... — Minha tia deu um sorriso débil e estendeu as mãos em nossa direção. Nós as seguramos com força. — Obrigada, Emma, Eadric — disse ela. — Vocês não sabem o que isso significa para mim. Preciso procurar Haywood antes que o rastro dele fique frio. Vocês podem usar meu tapete mágico, claro. Ele vai levá-los direto para casa. Eu já sei onde podem achar o primeiro item. Emma, abra o baú de prata no meu quarto. Leve o pente de prata até a tigela de água salgada. Passe o pente no seu cabelo três vezes, depois faça o mesmo com Eadric. Ponha o pente na bolsa. Mantenha-o em segurança, porque vão precisar dele para voltar, e mergulhem a mão na água salgada. Isso vai levá-los para o mar, mas não se preocupem, vocês estarão bem. Quando chegarem ao castelo, perguntem por minha amiga Coral. Ela é uma bruxa do mar e vai ajudá-los no que puder. Não deixem de lhe levar um presente. Quando eu chegar em casa, conseguirei o que vocês não tiverem encontrado.

— Como vai achar Haywood sem o tapete?

— Tenho os meus meios. — Enfiando dois dedos na boca, Gramina assobiou e depois se virou de novo para mim. — Diga a sua mãe o que sua avó fez. Também podem lhe dizer que ela não precisa se preocupar. Eu volto logo. Agora subam e tenham cuidado — disse ela, quando o tapete pousou aos nossos pés.

— Como a gente o guia? — perguntei.

Titia estava irritada e ansiosa por ir. Suspirou e disse:

— Não tenho tempo para mostrar agora. Ele já sabe o caminho para casa, por isso vocês não precisam se preocupar com a direção. Só digam "casa", e ele fará o resto.

Eadric e eu nos entreolhamos. Ele engoliu em seco e falou:

— Estou pronto. E você?

Assenti e tentei não pensar numa queda. Trincando os dentes, subi no tapete e me sentei, respirando fundo para acalmar o coração. Estava tentando ficar confortável quando minha mão roçou na bolsa pendurada no cinto.

— Talvez isso possa ajudar — falei tirando o barbante. — Se eu puder transformar isso numa correia para nos prender...

— Emma, garota esperta! É uma idéia maravilhosa.

Os olhos de Gramina se iluminaram, e eu percebi que ela estava mais preocupada conosco do que dava a entender. Sinalizou, e o barbante se transformou numa corda pesada que girou em volta do meu pulso, prendendo-se ao tapete atrás de mim.

    Olhei para Eadric, que também estava preso. Ainda que não fosse muita coisa, aquilo fez com que eu me sentisse melhor. *Fique calma*, falei comigo mesma, fechando os olhos enquanto o tapete começava a subir.

Nove

O vôo de volta ao castelo não foi nem um pouco parecido com a viagem à ilha. Depois de eu dizer "casa" ao tapete, ele girou até ficar na direção certa e decolou num ritmo tranqüilo e firme em direção ao céu que ia escurecendo. A princípio, Eadric e eu estávamos tensos, esperando que a viagem ficasse agitada ou que o tapete se afrouxasse de repente. Quando o vôo continuou inalterado, nós dois começamos a relaxar.

— Você não perguntou se eu queria ir — disse Eadric —, mas realmente quero ajudar a encontrar essas coisas para Gramina. Ela nos ajudou a quebrar o feitiço e me devolveu a vida. Eu devo a ela, por isso tenho um compromisso de honra: fazer o que for necessário para juntá-la a Haywood. Qualquer coisa abaixo disso seria indigno de um príncipe.

— Não sei como...

— De qualquer modo, estive pensando nas coisas que precisamos achar. Gramina disse que a amiga dela vai nos ajudar a localizar o cabelo diáfano, e até eu já ouvi falar de feijões mágicos, de modo que não devem ser difíceis de encontrar. A pena de um cavalo velho pode ser um negócio complicado. Nunca vi um cavalo com penas, por isso não sei como vamos resolver isso. Sua tia provavelmente saberá o que fazer quando chegar em casa. Mas você estava errada sobre os dragões. Não vai ser rápido e fácil, como você parece pensar. "O bafo de um verde dragão." — Eadric balançou a cabeça. — É uma pena a gente não ter o frasco que eu carreguei enquanto era sapo. Aquele hálito de dragão tinha um monte de cores, e uma delas deve ser verde. Você não acha que a gente poderia procurar a fada do pântano e perguntar se ela devolveria?

— Mesmo que achássemos aquela fada, e mesmo que ela concordasse em devolver, não há garantia de que o dragão que soprou naquele frasco fosse verde. Bafo de um verde dragão não é o mesmo que bafo verde de um dragão. Acho que teremos de achar um dragão verde e conseguir o bafo dele.

— Já me encontrei algumas vezes com dragões, e eles têm péssimo humor. Mesmo quando acharmos um, não podemos simplesmente pedir que ele solte o bafo num frasco. Vou precisar de uma espada nova. Perdi a velha no pântano quando aquela bruxa me transformou em sapo. Agora só tenho a adaga, e isso não basta para enfrentar um dragão. E estive pensando nisso. Matar um dragão não é tão difícil, mas coletar o bafo enquanto ele ainda está vivo... — Eadric deu um tapinha no queixo. — Acho que daria para fazer, se a fera estivesse dormindo.

— Então essa é a nossa solução. Eu tenho um feitiço de sono pronto para quando...

Eadric fez um muxoxo.

— Achei que a gente iria arranjar uma poção do sono.

— O que você faria, jogar comida com poção do sono para o dragão e esperar que ele comesse antes de comer você?

— Prefiro isso a depender de sua magia! Pelo que sei, você colocaria *a gente* para dormir e não o dragão!

— Você vai ver que minha magia está melhorando!

— É mesmo? Com sua magia já me transformou num velho, lembra? Vou me arriscar com uma poção, se não se importa. Prefiro que não faça nenhum feitiço por um tempo. Acho que nós dois estaremos melhor sem isso.

— Eu não sabia que você pensava assim!

— Eu não sabia que você podia ser tão teimosa!

Eadric tinha uma certa razão. Minha magia ainda não era muito boa e complicava as coisas. Aparentemente eu não estava tendo problema com os feitiços lidos, só com os que inventava. Gramina tinha me dito para continuar exercitando a magia, mas talvez eu devesse ter me concentrado em aprender os feitiços estabelecidos. Eu tinha boa memória para feitiços, mesmo nunca tendo sido muito boa para lembrar outras coisas, como as etiquetas sociais que mamãe queria que eu aprendesse.

O resto da viagem foi passado num silêncio frio e sofrido. Cochilei durante um tempo e acordei de vez enquanto a manhã chegava por trás das Montanhas Púrpura. Ainda que envoltas em névoa, eram uma visão maravilhosa e bem-vinda. Eadric acordou quando o tapete entrou pela janela da torre; o estalo curioso que ressoou quando a janela ficou larga foi suficientemente alto para acordar os fantasmas da masmorra. Os nós das cordas se desfizeram assim que pousamos, saindo fáceis como um palavrão dito por um ogro. Era bom ter chão sólido, e eu me curvei e me espreguicei, tentando afastar a cãibra das pernas e das costas.

Ainda se recusando a falar comigo, Eadric foi direto para a cozinha do castelo, mas primeiro eu queria dizer olá a Fê. Achei-a no depósito, pendurada num caibro.

— Aí está você! — disse ela, aparentemente adorando me ver.

— Escutei quando chegaram. Depressa, me conte tudo.

Contei, e terminei com a lista de itens de que precisávamos para transformar Haywood. Como era a manhã de quarta-feira, não tínhamos muito tempo, de modo que precisávamos procurar Coral, a amiga de Gramina, assim que pudéssemos.

— E Gramina disse que eu deveria arranjar um presente para a bruxa do mar. Você tem alguma idéia?

Fê inclinou a cabeça e ficou pensativa.

— Eu adoraria ajudar, mas terei de pensar um pouco. Por que não vai comer alguma coisa antes de apavorar todo mundo no castelo? Seu estômago está parecendo um dragão com pesadelo.

Enquanto saía dos aposentos de Gramina, quase trombei com Eadric. Ele estava equilibrando um prato que balançava com uma pilha de pato assado, ovos de perdiz cozidos, grossas fatias de pão escuro e pedaços de queijo amarelo.

— Ei! — disse ele. — Por que a pressa?

— Eu estava indo à cozinha.

Ele olhou a pilha de comida.

— Bom, então me traga mais uns dois...

Alguém devia ter aberto a porta na base da escada, porque de repente o fosso da escada se encheu de barulho. Pelo modo como o castelo era construído, alguém parado na escada podia ouvir até mesmo os sons mais fracos no Grande Salão quando a porta estava aberta. Parecia que uma grande multidão tinha se reunido e todo mundo falava ao mesmo tempo. Como uma das vozes mais nítidas era a de mamãe, eu sabia que provavelmente não poderia evitá-la se fosse à cozinha. Demorei um tempo descendo a escada, enquanto pensava no que ia dizer, mal ouvindo Eadric que continuava a lista da comidas que queria que eu trouxesse.

Ao chegar à base da escada vi que o Grande Salão estava cheio de serviçais, soldados e cortesãos. Quando entrei, vi mamãe falando com o encarregado da despensa do castelo. A pouca distância, meu pai escutava o capitão da guarda, que pediu licença quando me viu chegando.

— Papai! — falei, feliz em vê-lo.

Teria adorado se ele tivesse aberto os braços para me abraçar, mas esse não era o seu estilo. Desviando-me de um trio de damas de companhia, balancei a cabeça para mamãe e passei depressa por ela até chegar ao meu pai. O sorriso dele era genuíno, mas as fortes olheiras e a curvatura dos ombros me preocuparam. Meu pai era alto, com ombros largos e cabelos louros ficando grisalhos. Forte, temia pouca coisa, de modo que quando o vi preocupado também me preocupei.

— Sua mãe contou o que aconteceu com você — disse ele.
— Precisa aprender a ter mais cuidado.
— Claro, papai. — Decidi adiar a narrativa de minhas últimas aventuras.
— Onde está Gramina? — perguntou mamãe, chegando atrás de mim. — Tenho de falar com ela imediatamente. Ela ainda está lá em cima? — Mamãe olhou para a escada como se esperasse titia aparecer a qualquer momento.

Balancei a cabeça.

— Titia não está aqui. Foi medonho! Quando pedimos para vovó nos ajudar, ela recusou, depois baniu Haywood para algum lugar distante. Gramina foi procurá-lo. Disse que você não deve se preocupar.

Mamãe ficou perturbada.

— Claro que vou me preocupar. Tudo está dando errado desde que ela partiu. Limelyn, fale com Emeralda sobre os espiões.

As rugas na testa de papai ficaram mais fundas.

— Só sabemos que o rei Beltran ordenou que eles vigiassem nossa família.

— O rei Beltran não é o pai do príncipe Jorge? — perguntei.

— Sim, infelizmente — disse mamãe. — Eu achava que, se fizéssemos uma aliança entre os dois países, Beltran nos deixaria em paz. Há anos ele deseja nossas terras do oeste. A reputação de sua tia Gramina para a magia é o único motivo para ele não ter tentado tomá-las à força.

Meu pai assentiu.

— Depois de termos descoberto os espiões de Beltran, mandei os meus ao reino dele. Acabo de receber o relatório. Jorge ficou sabendo de seu desaparecimento e pensou que você tinha fugido para não ter de se casar com ele. Quando você voltou com o príncipe Eadric, Jorge se convenceu de que estava certo e jura que não quer mais se casar com você. Apesar dos desejos do filho, Beltran planeja forçar o casamento. Fica dizendo a todo mundo que você e Jorge estão noivos oficialmente e que você assinou todos os documentos. Como dote, eu devo entregar metade das terras do oeste.

— Mas isso é ridículo! — exclamei. — Eu nunca assinei nenhum documento e não houve cerimônia de noivado! E exigir que você entregue terras...

— É só isso que ele realmente quer. O resto não passa de desculpa — disse mamãe com os dentes trincados. — Agora é que eu não deixaria você se casar com o filho daquele homem horrível nem em troca de toda a poeira de Arídia Oriental!

— Beltran sabe que o único modo de conseguir nossas terras é por meio da força — continuou meu pai. — Ele convocou soldados. Seus espiões disseram que Gramina está fora, de modo que talvez Beltran acredite que tem a abertura de que precisa.

— Esta é a pior ocasião possível para ela sair correndo pelas terras selvagens — disse mamãe. — Grande Verdor esteve em paz durante séculos, mas isso pode mudar se sua tia não estiver aqui para usar a magia. A guerra pode fazer coisas terríveis com um país.

Eu estava perplexa.

— Como os espiões de Beltran podem ter contado sobre Gramina tão rapidamente? Ela só saiu há um dia.

— Pelo modo como escaparam, achamos que pelo menos um espião era feiticeiro — disse papai. — Eles se transformaram em pássaros e foram embora.

Mamãe franziu a testa.

— Por isso precisamos de sua tia de volta agora. Seu pai é perfeitamente capaz de lidar com um exército comum. Mas, se Beltran tiver magia à disposição, também precisaremos de magia.

— O que eu posso fazer?

— Na verdade não há nada... — começou mamãe.

— Por favor, mamãe, deve haver algum modo de ajudar. Você sempre disse que eu deveria me interessar mais pelos deveres de princesa.

— Então, muito bem. Veja se consegue fazer com que Gramina volte para casa e se concentre nos deveres. Ela não pode perder mais tempo com Haywood enquanto tiver serviço a fazer aqui.

— Verei o que posso conseguir. Eu já sei do que ela precisa para ter Haywood de volta. Eadric e eu vamos coletar os itens e...

— Ele ainda está aqui? — perguntou mamãe. — Esse garoto não tem casa? Já é suficientemente ruim que tenha arruinado sua reputação. Agora não conseguimos nos livrar dele. O encarregado da despensa também anda reclamando do rapaz. Parece que o seu príncipe Eadric come mais do que três cavaleiros.

— Ele já ajudou bastante... — comecei.

Mamãe riu.

— Não imagino como.

— E vou poder ajudar Gramina melhor se Eadric estiver me ajudando.

Mamãe suspirou.

— Acho que ele pode ficar, mas só enquanto estiver sendo útil.

— Esse rapaz deu a entender as intenções que tem com relação a você? — perguntou meu pai.

— Ele diz que quer se casar comigo.

Eu realmente não queria contar aos meus pais enquanto não me decidisse, mas também não queria mentir.

— Talvez o sentimento de cavalheirismo o esteja levando a dizer isso — argumentou mamãe. — Ele deve saber que sujou o seu bom nome.

— Não acho que seja. Tenho certeza que...

Mamãe fungou, fazendo um som muito pouco digno de uma dama.

— Você não pode acreditar que ele se ofereceu porque nutre sentimentos por você, Emeralda. Você é muito voluntariosa para ser uma boa esposa. E não é refinada nem delicada, como uma princesa deve ser. Deus sabe que fiz o que pude, mas nem eu posso realizar milagres. Mas, já que ele fez a oferta, meu trabalho duro teve ter tido algum efeito.

Se eu não fizesse nada para impedi-la, mamãe estaria avançando com os planos de casamento antes mesmo que eu ficasse noiva.

— Eu não aceitei — falei.

Mamãe ficou boquiaberta.

— O quê? Não sabia que você era tão idiota! A oferta dele pode ser a única que você vai receber na vida.

— Eu não recusei Eadric, só não disse que sim. Falei que tinha de pensar.

O rosto de mamãe estava ficando vermelho.

— Isso é absurdo. Você deveria ter aproveitado a chance de... — Ela se conteve, e um sorriso lento suavizou sua boca. — Não. Espere, talvez você seja mais inteligente do que pensei. Às vezes bancar a difícil é...

— Eu não estava bancando a difícil. Só não sei se quero me casar com ele.

— E é exatamente para isso que você precisa de seu pai e de mim, minha jovem. Sem nossa orientação, **terminaria** sendo uma solteirona digna de pena como sua tia Gramina, e nós acabaríamos entregando o país a parentes de quem nem gostamos.

Engoli a resposta furiosa que me queimava na garganta. Titia estava longe de ser digna de pena e era apenas alguns anos mais velha do que mamãe. Tentando parecer mais afável do que me sentia, agradeci o conselho dos meus pais e corri para a cozinha, peguei um pedaço de pão e um pouco de queijo e saí pela porta dos fundos.

Eadric ainda estava comendo quando cheguei aos aposentos de Gramina. Sorriu para mim, e dava para ver que a comida no estômago tinha melhorado seu humor, se bem que ficou meio desapontado ao ver que eu não tinha trazido mais. Enquanto Eadric mordiscava um pedaço de pato, contei sobre o rei Beltran e como ele queria me obrigar a me casar com Jorge.

As sobrancelhas de Eadric se ergueram.

— Isso é terrível! Ele não pode fazer isso. Você vai casar comigo!

— Jorge não quer mais se casar comigo, mas meus pais disseram que o pai dele está de olho nas nossas terras do oeste.

— Vou dizer ao seu pai que lutarei ao lado dele. Sei que não somos oficialmente noivos...

— Eles disseram que o melhor que podemos fazer é ajudar Gramina. Precisam dela de volta com a magia em força total, e isso significa que teremos de ajudá-la a cuidar de Haywood.

— Então é o que faremos, mas assim que tivermos terminado vou me juntar ao seu pai.

— Sei que ele vai gostar da sua ajuda. Vocês provavelmente vão se dar muito bem. Os dois gostam das mesmas coisas. Já mamãe é outra história. A não ser que decida que gosta de você, ela pode ficar muito desagradável.

— Então terei de fazer com que ela goste de mim — disse Eadric, colocando outro ovo na boca com os dedos gordurosos.

— Espero que você tenha mais sorte do que eu. Mesmo sendo minha mãe, não acho que ela goste de mim. Mas você tem uma coisa a favor, uma coisa que eu nunca tive: você é homem.

Enquanto Eadric terminava de comer, pedi licença e entrei no depósito para procurar um presente para Coral. Fê estava lá dentro, em cima de um velho baú empoeirado que me lembrou o de Velgordo, só que em condições muito piores. Velho e amassado, a superfície era coberta por um couro verde-escuro, granuloso e cheio de buracos. Não entendi por que alguém escolheria uma forração daquelas.

— O que é isto? — perguntei, passando a mão na superfície irregular.

— Fiz a mesma pergunta à sua tia — disse Fê. — Ela disse que é a pele das costas de um troll. — Fazendo uma careta, afastei a mão e esfreguei na saia. — Dizem que é forte e dura muito tempo. Esse é o baú que sua avó deu a Gramina quando se aposentou. Pensei em olharmos dentro para procurar um presente para a bruxa do mar, mas tenho outras coisas que podemos examinar se não houver nada aí. Levante a tampa e vamos ver. É pesada demais para mim.

A morceguinha voou até o topo do espelho mágico encostado à parede, me deixando parada perto do baú. Trincando os dentes, segurei a tampa e levantei.

Ela se abriu com um gemido de dobradiças antigas e imaginei que seria a voz de um troll morto há muito tempo. Ajoelhada no chão, enfiei a mão nos recessos escuros e comecei a tirar os itens um a um, enquanto Fê dizia o nome das coisas que reconhecia.

Um dente serrilhado, comprido como um polegar, pendia de um cordão de ouro. Fê ofegou, dizendo que era de um manticore. Os pêlos cinza e rígidos amarrados com fio de prata eram um maço de bigodes de lobisomem. Um antigo frasco de flocos amarelos era uma coleção de cera de ouvido de goblin. Outro frasco tinha crescentes negros e irregulares que Fê identificou como aparas de unha de ogro. A morcega sibilou quando levantei um frasco com um pêlo áspero e enrolado, coberto com alguma coisa marrom e brilhante. Estremecendo, Fê disse que era cabelo de uma harpia e que aquilo podia esvaziar até mesmo o maior castelo com o seu fedor.

Eu tinha acabado de pôr o frasco no baú quando Eadric entrou no cômodo.

— Já achou alguma coisa? — perguntou ele.

— Nada que eu queira dar a alguém. — Fechei a tampa do baú antes que ele pudesse enfiar a mão dentro. — Fê, você não disse que talvez ela tivesse outras coisas?

— Há a pena dourada do ganso de ouro, mas não acho que você vá querer levar isso. Tem piolhos de ouro — disse Fê. — A cor deles é bonita, mas sem dúvida coçam.

— É só? — perguntei.

— Há outra coisa numa caixinha atrás do espelho, mas não acho que você vá querer.

Achei a caixa com facilidade. Quando abri a tampa, havia apenas um objeto dentro: um alfinete de cabelo, de prata, com um rubi em forma de peixe.

— O que há de errado com isto, Fê? Foi mergulhado em veneno? Faz a pessoa dormir para sempre ou a transforma em peixe? O que ele faz?

— É só um alfinete. Não faz nada.

— Então por que eu não iria querer levar?

— Porque não tem magia nenhuma. Achei que queria algo especial, e esse alfinete é uma bobagem.

— Um rubi em forma de peixe é perfeito para uma sereia! Como ela é uma criatura mágica, provavelmente já tem todo tipo de objetos mágicos. Vamos levar o alfinete. Tenho certeza que ela vai gostar.

A caixa era grande demais para caber na minha bolsa de pano, por isso peguei o alfinete e enfiei no tecido da minha manga, até ter certeza de que estava seguro.

Tinha me virado para mostrar a Eadric, quando escutei Fê exclamando:

— O que é isso? Está vivo?

— De que está falando? — perguntei.

— Ali, atrás — disse Fê apontando com a asa para o meu vestido.

Segurei a parte de trás da saia e puxei para olhar melhor. Não vi nada incomum, até que Eadric se abaixou e arrancou alguma coisa da bainha.

— Olha só! — falou, erguendo um pequeno siri verde, idêntico aos que eu tinha visto na ilha.

Curvei-me para olhar melhor.

— Como isso foi parar aí?

Eu achava que os siris da ilha não podiam falar, por isso fiquei surpresa quando a criaturazinha disse:

— Eu vi quando você era uma coisa verde que pulava e se transformou num ser humano. — A voz dele era esganiçada. — Queria ver isso acontecendo de novo, para aprender. Estive me segurando desde que você passou por mim. Minhas pinças estão cansadas!

— Não posso lhe ensinar como virar humano — falei. — Eu era humana antes de ser sapa. Nunca ouvi falar de um animal que virasse humano.

— Eu já — disse Fê —, mas raramente funciona. A vida como humano é confusa demais, e em geral o animal acaba se sentindo péssimo.

103

Eadric balançou o siri, e as pernas do bicho se sacudiram.

— O que você quer fazer com essa coisa, Emma? Acho que deveria guardar para Haywood. Sabe como ele adora comer caranguejos.

As garras do siri se enrijeceram e ele girou as hastes dos olhos para me espiar.

— Haywood é aquele monstro peludo que estava comendo meus amigos?

Assenti.

— Ele é uma lontra e gosta de comer um monte de coisas.

— Por favor — disse o siri, encolhendo as perninhas —, não deixe aquele monstro me comer. Posso ser útil algum dia!

Eu não tinha gostado de ver Haywood comendo os outros siris e já sabia que não queria que ele devorasse este, mas não podia imaginar o que um siri poderia fazer por mim.

— Juro que não vai se arrepender se me soltar — disse o siri, com as hastes dos olhos balançando loucamente sobre a cabeça.

— Ah, é mesmo? E onde eu devo colocar você?

— Ouvi você dizer que ia visitar uma bruxa do mar. Pode me levar junto.

Suspirei.

— Vou ver o que posso fazer. Qual é o seu nome?

— Sirilo, o que eu considero um nome muito bom para um siri. Nós próprios escolhemos nossos nomes, veja bem, e eu pensei muito antes de escolher. O nome de meu irmão é Sirius, mas eu não acho tão bom. Uma das minhas irmãs tem um nome ainda mais engraçado. É...

— Aqui — falei, entregando o siri a Eadric. — Segure-o enquanto eu pego o pente.

Eadric ficou boquiaberto.

— Segurar? Por que não jogo esse cara pela janela e ele pode ir viver no fosso? A última coisa de que eu preciso é de um siri andando atrás de nós.

— Seja gentil! Você é um príncipe e deveria dar exemplo — falei.

— Mas ele não passa de...

— E ontem você não passava de um sapo, lembra? Um sapo que tinha amigos que também eram sapos. Pense nele como um súdito muito pequeno e talvez você ache mais fácil ser gentil.

Dando as costas a Eadric e ao siri, entrei correndo no quarto de Gramina e me ajoelhei perto do baú de prata. Com acabamento de tiras de prata, era menor e mais novo do que o que guardava suas roupas. Abri a tampa e achei o pente em cima de um tecido creme bordado com dragões. O pente de prata tinha a forma de uma concha do mar e era incrustado com pedacinhos de coral cor-de-rosa. Era lindo, mas parecia muito frágil.

Segurando o pente, me despedi de Fê e me juntei a Eadric perto da tigela de água salgada. Ainda que algumas vezes tivesse visto cardumes de peixes pequeníssimos nadando na tigela, agora a água parecia vazia, a não ser pelo castelo minúsculo. Perfeito em cada detalhe, o castelo possuía duas torres e várias janelas, mas, pelo que eu podia ver, tinha apenas uma porta, aparentemente com menos de dois centímetros de altura.

Dez

Eadric estava olhando a tigela com uma expressão cética.
— Tem certeza que quer ir comigo? — perguntei. — Sabe que não precisa. Pode ficar aqui até Gramina voltar.
— Eu vou. Se bem que essa tigela é tremendamente pequena.
— Só teremos de usar o pente e ver o que acontece. Tenho certeza que Gramina sabe o que está fazendo.
— Talvez sim, talvez não. Olhe como ela lidou com sua avó, para não mencionar o tapete voador. Olha, se você quer o siri, vai ter de carregar. Não suporto a falação dele.

Eadric me entregou Sirilo e limpou os dedos na túnica.

Olhei a criaturazinha.

— Não sabia que vocês eram da nobreza — disse o siri. — É uma pena, porque sem dúvida minha família quereria vir junto, se soubesse. Minhas irmãs...

Balancei a cabeça.

— Pare de falar, por favor. Temos um trabalho importante a fazer, por isso você tem de ficar quieto.

— Se é isso que você realmente quer, alteza. Mas eu sei todo tipo de...

— Começando agora! — falei. Balançando as hastes dos olhos, Sirilo entrou na minha manga, puxando a renda atrás.

Respirei fundo para acalmar os nervos, depois soltei a trança dos cabelos e separei as partes com os dedos. Antes que pudesse mudar de idéia, passei o pente nos cabelos três vezes, depois fiz o mesmo com Eadric. Enfiei o pente na bolsa, peguei a mão de Eadric e mergulhei a mão livre na água salgada. Houve um som em minha cabeça, como mil bolhas estourando, e em seguida estávamos nadando na água salgada, totalmente vestidos.

Dava para ver a silhueta da tigela e a sala mais além, mas eram enormes e distantes. O castelo estava abaixo de nós, maior do que eu pensei que seria, se bem que, em todos os outros aspectos, parecia o mesmo. Para meu espanto, podia respirar embaixo d'água, e isso parecia perfeitamente natural. Já que Eadric estava como sempre, presumi que eu também estava, por isso soube que não tínhamos ganhado guelras nem virado sereias.

Desfrutando da nova capacidade, sorrimos um para o outro e depois nos viramos para o castelo. Era óbvio que Eadric tinha alguma experiência em nadar como humano, mas eu não, por isso fiz os movimentos de quando era sapa. Era desajeitado, já que o pano do vestido atrapalhava as pernas.

De longe a porta do castelo tinha parecido comum, mas olhando de perto descobrimos que era feita de uma única laje de um material liso e branco, como um fragmento de uma concha gigantesca. Batemos, e depois de alguns minutos surgiu uma figura estranha com um corpo mole, parecido com um saco, e oito braços em forma de cordas. Quando nos viu, ficou de um vermelho feroz e atravessou um dos braços diante da porta, bloqueando a entrada.

— O que vocês querem? — perguntou a criatura, examinando-nos com dois olhos esbugalhados que se moviam independentemente um do outro.

Incomodada pelo modo como nos olhava, pigarreei e disse:

— Viemos ver Coral, a bruxa do mar.

— Bem, então venham depressa antes que a água fria entre.

A água parecia bastante quente para mim, mas segui a criatura para dentro, com Eadric esbarrando atrás. Assim que a porta se fechou, a criatura nos examinou de novo como se não tivesse certeza de que deveria ter nos deixado entrar.

— Esperem aqui — disse e flutuou na direção de uma abertura próxima, deixando-nos parados num corredor estreito.

Eu estava puxando os cabelos, juntando-os nas mãos, quando percebi que alguém tinha entrado no corredor. Virando a cabeça, vi primeiro o rosto de Eadric com uma expressão tão idiota que tive uma boa idéia de quem era, mesmo antes de vê-la.

— Em que posso ajudá-los? — perguntou uma voz suficientemente melodiosa para fazer um rouxinol parecer um cachorro estrangulado. Quando a vi, entendi a reação de Eadric. Era linda, com cabelos prateados e azul-escuros ainda mais compridos do que os meus, olhos azul-escuros, repuxados, e pele clara com um leve tom de verde.

— Sou Emma, e este é meu amigo Eadric — falei antes que Eadric pudesse dizer alguma coisa. — Minha tia Gramina sugeriu que viéssemos visitá-la, isto é, se você é Coral.

— Eu me lembro de você! — disse a bruxa do mar. — Eu a vi no quarto de sua tia quando você era menininha. Você ficou quase tão surpresa quanto eu.

— Era eu mesma.

— Venham, venham! — disse ela chamando-nos pelo corredor. — Vocês chegaram bem na hora de almoçar conosco. Tenho umas amigas de visita e estávamos para começar, mas há bastante espaço e mais comida do que poderíamos comer.

— Não sei se temos tempo para... — comecei.

Eadric agarrou minha mão e me puxou.

— Seja educada — sussurrou no meu ouvido, acrescentando em voz mais alta: — Seria maravilhoso.

Seguimos Coral pela porta, passamos por um corredor pequeno e entramos numa sala magnífica. As paredes e o teto alto eram de coral rosa, o chão era um leito de pura areia branca. Uma mesa e oito cadeiras esculpidas a partir dos ossos de alguma criatura enorme ocupavam o centro da sala. Enfeites em púrpura e amarelo, em forma de leque, tinham sido postos num arranjo central, em volta do qual nadavam rapidamente minúsculos peixes cor-de-rosa e amarelos.

— Estas são minhas amigas — disse Coral, sinalizando para cinco lindas sereias sentadas em volta da mesa. — Esta é Marina.

Uma jovem sereia de cabelos violeta e olhos de ametista sorriu, cumprimentando. Outra se chamava Olga e tinha cabelos verde-escuros presos atrás por duas estrelas-do-mar vivas. Arênia tinha cabelos louro-claros com fios de um dourado mais escuro. Ela assentiu para mim, depois se virou e jogou um beijo para Eadric. Eu estava olhando o rosto dele ficar vermelho e quase não ouvi o nome de Pérola; era uma sereia com espantosos olhos prateados e cabelos de um branco puro. Na extremidade mais distante da mesa ficava Estela, cujos cachos vermelhos faziam meu cabelo parecer desbotado. Cada uma estava sentada com seu rabo de peixe enrolado embaixo da cadeira. A pele de cada uma tinha pelo menos um leve tom de verde. Comida e uma sala cheia de mulheres lindas de pele esverdeada. Eadric certamente ia adorar isto aqui!

— Minhas amigas e eu estivemos ensaiando a manhã inteira — disse Coral. — Nós nos juntamos para cantar algumas vezes por semana. O nosso grupo se chama As Sereias.

Os olhos de Eadric brilharam.

— Já ouvi falar. Não são vocês que cantam para os marinheiros de passagem?

Estela balançou a cabeça e suspirou.

— Não acredite em tudo que dizem. Nós nunca tentamos atraí-los para as pedras. Não somos responsáveis pelas coisas que nossa platéia faz.

Eadric se adiantou, ocupando a cadeira ao lado de Arênia, a sereia loura, e me deixando para sentar perto de Coral. Fiquei feliz em estar ao lado da amiga de minha tia, mas fiquei chateada com Eadric, que se comportava como se eu não existisse. Cutuquei seu braço para chamar a atenção. Quando ele não pareceu notar, decidi ignorá-lo e deixar que ele bancasse o idiota. Não sei o que Eadric falou com Arênia, só que ela achou terrivelmente engraçado e explodiu em pequenas pétalas de riso que não poderia ser mais diferente do meu. Imaginei como ele agiria com ela se eu a transformasse num retalho de algas.

Não estávamos sentados por muito tempo quando a criatura que parecia um saco entrou na sala trazendo quatro grandes tigelas em quatro braços. Um pequeno desfile de lagostas e caracóis vinha atrás. Usando os braços livres, a criatura-saco pegou a primeira lagosta e o primeiro caracol e os largou na mesa. Depois de o monstro ter colocado uma tigela sobre a concha do caracol, a lagosta subiu em cima. Eu não conseguia imaginar o que estava acontecendo até que o caracol se arrastou na direção do prato de Coral. A sereia assentiu e a lagosta mergulhou as pinças na tigela, servindo-lhe uma porção de algas.

Os caracóis continuaram o circuito pela mesa, mesmo depois de todo mundo se servir, talvez esperando a possibilidade de alguém querer mais. Cada uma das quatro tigelas tinha algum tipo de alga. Acho que eram diferentes, mas todas me pareciam a mesma coisa, e fiquei desejando ter comido mais pão e queijo quando tive a chance.

Servidas cruas, as algas eram difíceis de mastigar e engolir, e salgadas demais para mim. Depois dos primeiros bocados simplesmente fiquei mexendo no prato, desejando que houvesse dois cachorros grandes debaixo da mesa, esperando as migalhas como faziam na minha casa.

Quase tinha me convencido a comer outro bocado quando Coral se inclinou para mim e falou:

— Agora, diga, Emma, qual é o motivo desta visita deliciosa?

Pousei o garfo, agradecendo a desculpa.

— Na verdade, nós estamos procurando uma coisa e achamos que você poderia ajudar. Precisamos achar uma madrepérola.

Coral sorriu.

— Só isso? Então não precisam procurar mais. Eu tenho alguns belos espécimes no castelo. Polvídio, por favor, traga uma das conchas.

A criatura-saco estivera esperando no canto, tão silenciosa que eu tinha me esquecido dela. Quando saiu da sala, seus oito braços pareciam oscilar sem ossos no chão, enquanto o único olho que eu podia ver saltava para a frente e para trás, espiando primeiro numa direção, depois na outra.

— Não quero ser enxerida — falei a Coral —, mas como conseguiu que um monstro marinho trabalhasse para você?

Coral deu um risinho e cobriu a boca com a mão.

— Polvídio não é um monstro marinho, é um polvo! Os polvos são os melhores mordomos. Não sei o que faria sem ele. Ele pode fazer mais de um serviço ao mesmo tempo e proporciona toda a defesa de que eu preciso.

Polvídio retornou apenas alguns instantes depois com uma grande concha do mar. Estendendo o braço, colocou-a na mesa à minha frente. Ouvi um estalo minúsculo quando um disco em seu braço soltou a concha, que parecia um pãozinho amassado e salpicado de açúcar. Passando os dedos ao longo de uma fileira de buraquinhos, imaginei por que alguém acharia que ela era especial.

— Vire-a — insistiu Olga.

A concha era áspera, por isso fiquei surpresa quando a virei e achei uma cobertura lisa e lustrosa, de um branco cremoso com tons cor-de-rosa e azul.

— Bom, isso aí é madrepérola! — disse Estela, a sereia de cabelos vermelhos.

Era linda, mas não era o que eu esperava. Devo ter mostrado a frustração, porque Coral perguntou:

— O que há de errado?

— Nada. Só que não estou vendo nenhum cabelo.

Uma onda de risos varreu o salão.

— Por que, em nome de Netuno, você esperaria achar um cabelo? — riu Estela.

— Ela tem de ter cabelo. Nós viemos aqui pegar um fio diáfano do cabelo da madrepérola.

Alguém ofegou. Olhei em volta e vi a sereia de cabelos brancos cobrir a boca com a mão e fugir da sala, derrubando sua cadeira. As outras desviaram o olhar, evitando meus olhos como se eu tivesse feito alguma coisa vergonhosa.

— O que é? — perguntei. — Eu disse alguma coisa errada?

Coral balançou a cabeça, fazendo os cabelos redemoinharem como um halo azul.

— Na verdade, não. Pérola é simplesmente sensível demais em relação à mãe dela. Quem lhe disse para conseguir um fio diáfano do cabelo da madrepérola estava tentando enganá-la. Não existe cabelo em madrepérola. Mas madrepérola significa "mãe da pérola". E a mãe de Pérola é Malva Marinha, que tem cabelos tão finos que são quase transparentes. Acho que você pode chamá-los de diáfanos. Por que precisa desse fio de cabelo?

— É uma das coisas de que precisamos para transformar o noivo de Gramina de volta em humano. Minha avó o transformou numa lontra e...

Coral juntou as mãos na frente do queixo e riu de orelha a orelha.

— Quer dizer que Gramina finalmente achou Haywood? Isso é maravilhoso! Claro que vamos ajudá-la a conseguir o fio. Vou falar com Pérola. Nessas circunstâncias tenho certeza que ela vai ficar feliz em levar vocês.

Olga pigarreou e lançou um olhar estranho para Coral.

— Talvez *feliz* não seja a palavra certa — disse Coral —, mas Pérola já ouviu a história de Gramina e tenho certeza que vai fazer isso. Nós, sereias, temos pontos fracos no coração quando se trata de amor verdadeiro. Fique aqui e termine de comer. Vou falar com ela.

Eu me senti péssima em incomodar Pérola, mas não fazia idéia de como pedir desculpa.

— Eu não pretendia...

— Você não poderia saber — disse Olga. — A mãe de Pérola é uma bruxa do mar e causa grandes embaraços para nossa doce Pérola. Se você realmente quer esse fio de cabelo, terá de ir vê-la pessoalmente. — Inclinando-se para mim, ela baixou a voz. — Só tenha cuidado quando for. O apelido de Malva é "Malvada", e por bons motivos. Nem todas as bruxas do mar são boas como Coral.

Onze

— Eu a levo para ver minha mãe — disse Pérola —, mas não posso garantir que ela vá ajudar.

— Entendo — respondi. — Eu também não posso fazer promessas pela minha mãe.

— Minhas irmãs já se mudaram para outro oceano para ficar longe dela. Desculpe ter reagido daquele jeito na casa de Coral, mas não podia suportar minhas amigas falando de mamãe. Mas ela vive fazendo coisas... Quando conhecê-la, verá o que quero dizer.

Enquanto nadávamos comecei a invejar a falta de roupas que dava liberdade a Pérola. Escamas azuis e verdes a cobriam da cintura para baixo, conchas brancas e algum tipo de espuma do mar vestiam a parte superior do corpo. Um cordão de pérolas miúdas trançadas no cabelo o mantinha sob controle. Sem ser atrapalhada por panos ou rendas, os movimentos de Pérola eram tão fluidos que pareciam sem esforço. Fiquei fascinada pelo modo como seu rabo subia e descia e com a velocidade com que ele podia impulsioná-la na água. Minhas tentativas desajeitadas de nadar eram tão exaustivas quanto lentas.

Depois de atravessar o chão vazio do oceano, entramos numa espécie de floresta composta por um grande trecho de algas que oscilavam na corrente. Caminhos se abriam e fechavam com o movimento das plantas, confundindo a direção.

— Estamos perto — disse Pérola depois de algum tempo. — Vou ajudar como puder, mas vocês terão de fazer o que mamãe disser, se quiserem um fio do cabelo dela. Digam que vieram pedir um favor. Ela vai dar uma tarefa. Assim que vocês a fizerem, devem pedir o fio de cabelo.

— Tenho certeza que vamos conseguir — disse Eadric pousando a mão no meu ombro.

Eu ainda estava chateada com ele, pelo modo como tinha agido no castelo de Coral, por isso afastei sua mão e nadei atrás de Pérola, deixando-o para nos seguir como pudesse.

As algas se separaram revelando um navio de casco rombudo, caído de lado. Um buraco enorme expunha as tábuas grossas e permitia acesso fácil. Pérola nos guiou pelo interior mal-iluminado, parando aqui e ali para apontar pontos de apoio que deveríamos evitar ou partes de piso podre que desmoronariam se fossem tocadas. Peixes multicoloridos saíam rapidamente do caminho, e uma criatura comprida, parecida com uma cobra e com rabo achatado, passou se retorcendo. O pouco de luz que havia atravessava o casco em ângulos estranhos. Tentei visualizar em que parte do navio estávamos.

Entrando num corredor curto, chegamos a uma grande cabine que parecia ser os aposentos de alguém. Meus olhos foram atraídos para uma abertura na parede oposta, onde uma janela ampla devia ter proporcionado ao capitão uma vista maravilhosa da esteira do navio. Havia uma cadeira de espaldar alto virada na direção da janela, para que a pessoa que se sentasse ali pudesse observar as criaturas que passavam nadando.

— O que quer, Pérola? — perguntou uma voz vinda da cadeira, e percebi que havia alguém no cômodo conosco.

— Alguns amigos vieram vê-la, mamãe — disse a sereia, sinalizando para ficarmos atrás. — Eles têm um favor a pedir.

Uma velha bruxa do mar se levantou da cadeira e flutuou na nossa direção. Seu cabelo era mesmo tão fino a ponto de ser quase transparente. As escamas, que chegavam até as clavículas, eram de um tom de verde-escuro. O nariz era fino e pontudo; a pele verde-clara era retesada, como se ela desafiasse as rugas a aparecer. No entanto foram os olhos que me fizeram parar e olhar fixamente. Eram aterrorizantes, tão escuros e sem vida que pareciam dois buracos pretos.

— Um favor? — perguntou a bruxa do mar. — Quer dizer que eles não vieram aqui só para ficar me espiando de boca aberta?

— Um favor, é, isso mesmo — falei, sem graça por ter sido apanhada encarando-a daquele jeito.

Alguma coisa resmungou dentro de um baú. Pegando um pau comprido encostado na parede, Malva Marinha bateu no baú até que os resmungos pararam. Quando ela se virou para mim eu me encolhi com medo daqueles olhos terríveis.

— Antes que possam pedir um favor vocês devem merecer esse direito. Tragam-me a pérola gigante guardada pelo antigo monstro do mar antes do pôr-do-sol deste dia e eu lhes concederei um favor. Mas, se não tiverem sucesso, vou cortar suas cabeças e dar aos tubarões. — Levantando o braço, a bruxa do mar apontou para uma parede onde uma faca de lâmina comprida repousava em dois ganchos curvos. Engoli em seco e recuei.

Pérola ficou boquiaberta ao escutar a ameaça da mãe, mas rapidamente seu espanto se transformou em raiva.

— Uma decapitação, mamãe? Não é um pouco severo demais?

— Não se eles querem um favor.

— Mas eles são meus amigos. Você não pode ameaçar cortar a cabeça dos meus amigos!

— Posso fazer o que quiser, minha cara. Esta é a minha casa, e eles vieram aqui pedir uma coisa.

— Você vive dizendo: "Pérola, por que não me apresenta aos seus amigos?" É por isso, mamãe! É exatamente por isso que nunca trago meus amigos! Eu gosto dos meus amigos como eles são, ainda com a cabeça em cima do pescoço!

Eadric pegou meu braço e me puxou de lado.

— Talvez seja melhor a gente ir embora — sussurrou. — Não queremos entrar no meio de uma discussão familiar.

Assenti.

— Podemos voltar mais tarde.

— Acredite no que quiser, filha. Seus amigos terão de pegar aquela pérola do monstro do mar ou eu vou usar minha faca!

Fugimos da cabine sem esperar para ouvir o fim da discussão. No momento em que estávamos fora do navio naufragado, Eadric se virou para mim e disse:

— Emma, vamos para casa. Essa bruxa do mar é maluca. Nenhum fio de cabelo vale a perda da minha cabeça! Tenho certeza que sua tia não correria qualquer risco pouco razoável, e eu acho que isso é bem pouco razoável.

Conseguir o cabelo ia ser muito mais perigoso do que eu tinha esperado. Se Gramina soubesse o que a velha bruxa do mar tinha ameaçado fazer, teria nos tirado dali num instante. Mas ela não estava presente, e eu não conseguia esquecer a expressão de medo nos olhos de mamãe e a preocupação no rosto de meu pai.

— Não posso desistir agora, Eadric. Você pode ir para casa, mas se eu não conseguir o fio de cabelo, Gramina não poderá transformar Haywood de volta e não estará em condições de ajudar meu pai. Se Grande Verdor for à guerra sem contar com magia, Arídia Oriental vai ganhar, meu pai perderá suas terras do oeste e eu terei de me casar com Jorge. Vou conseguir aquele fio de cabelo com ou sem sua ajuda.

— *Humpf* — grunhiu Eadric. — Se você coloca a coisa assim... Temos de correr, se quisermos conseguir essa pérola antes do pôr-do-sol.

De repente alguém veio correndo pelo buraco na parede. Achei que era Malva Marinha vindo cortar nossa cabeça sem dar uma chance, mas estava errada. Era Pérola.

— Eu queria dizer onde podem encontrar o monstro do mar. Mamãe nunca pensa em dar orientações. As algas ficam mais ralas deste lado do navio. Nadem direto em frente até estarem num lugar aberto. Sigam o primeiro recife que encontrarem. Parece uma encosta feita de coral. Quando chegarem a uma fenda no recife, virem à direita. Procurem a maior caverna e vão achar o monstro do mar. É uma das espécies antigas, que a gente não encontra mais com freqüência. O Velho Bruxo do Mar lançou um feitiço, de modo que o monstro guardará a pérola até o retorno dele. Ela já está lá há mais tempo do que qualquer pessoa pode lembrar. Entenderam tudo?

— Claro — disse Eadric dando um tapinha na cabeça. — Minha mente é igual a uma armadilha para lobos.

Revirei os olhos.

— Obrigada pela ajuda, Pérola.

Pérola deu de ombros.

— Qualquer amigo de Coral é meu amigo. Vou ficar de olho em mamãe e garantir que ela não arme nenhum truque. Vejo vocês quando voltarem.

Doze

As algas ficaram mais ralas depois de apenas alguns metros. Vimos o recife imediatamente, uma grande colônia de coral que devia estar crescendo havia muitos anos. Os rosa, verde, amarelo e laranja eram tão lindos quanto um jardim de flores, as torres ramificadas eram mais complexas do que as de qualquer castelo. Passamos por leques do mar parecidos com os que enfeitavam a mesa de Coral, e peixes de cores tão brilhantes que podiam se rivalizar com os pássaros mais exóticos. Mais de uma vez notei olhos nos observando de nichos e caudas desaparecendo em buracos.

O recife se curvava como o arco de um círculo gigante, parecendo continuar para sempre, mas finalmente chegamos à fenda que Coral tinha mencionado. Adiante havia uma ilha afundada, com a base cheia de cavernas e o topo desgastado pelas ondas. Mesmo a distância, dava para ver que aquela caverna era a maior, porque em comparação, as outras eram meros buracos. Rochas pontiagudas guardavam o teto e o piso da entrada ampla.

Nadando para a caverna procuramos algum sinal do monstro do mar. Não havia nada que indicasse um monstro morando ali, nenhuma pilha de ossos, nem marcas no piso do oceano, nem um rosnado maligno ou o brilho de olhos famintos. Em vez disso peixes amarelos e turquesa dardejavam pela entrada, relampejando aqui e ali enquanto mudavam de direção. Acompanhei Eadric até a caverna. As rochas eram afiadas e se agarraram à minha saia, rasgando-a. Pedras menores, igualmente pontiagudas e perigosas, brotavam do chão ao lado das maiores. Tentei não tocar o piso, porque ele parecia estranho — vermelho, macio e esponjoso como um estranho tipo de coral que crescesse de lado, e não para cima. A caverna era bastante grande, com quase quatro metros de largura, mas não havia sinal da pérola. Mas vimos uma pequena abertura ao fundo, e eu tive a sensação medonha de que era lá que teríamos de ir.

Eadric concordou.

— Deixe-me ir primeiro — disse ele. — Já lidei com mais monstros do que você.

— Que história é essa? Você não sabe mais sobre monstros marinhos do que eu.

— Monstros são monstros, não importa onde a gente os encontre. — Eadric espiou pela abertura e sinalizou para eu ficar. — Há uma passagem aqui. É melhor você permanecer atrás. É tão escuro que não dá para ver nada.

— Espere um minuto. Aqui é muito apertado para usar luzes-das-bruxas, mas tenho uma vela que posso usar. — Remexendo na bolsa, peguei o toco de vela que Gramina tinha me dado. — Deixe-me pensar nisso um minuto. Nunca tentei acender uma vela embaixo d'água.

Como era uma situação muito incomum, eu tinha certeza de que nunca havia lido um feitiço que servisse. Fiquei concentrada, visualizando o que queria e tentando pensar nas palavras que conseguiriam isso. Eadric tinha começado a se remexer quando eu finalmente falei:

>Velinha que alumia
>Transforme a noite em dia.
>Seja no mar ou no rio
>Acenda para mim seu pavio.

Com um sibilo abafado a vela se acendeu, se bem que a luz não fosse tão clara quanto seria em terra.

— Isso vai servir? — perguntei, entregando-a a Eadric.

— Desde que não se apague. Quem sabe o que vamos achar lá?

Segui Eadric o mais de perto que pude, tentando não trombar em suas costas. Estar perto dele me deixava um pouco mais segura, mas eu continuava tão nervosa que pulava por causa de qualquer coisa. Quando um peixe passou nadando e sua cauda roçou no meu rosto, gritei e agarrei o braço de Eadric, certo de que o monstro tinha nos encontrado.

— O que foi? — perguntou ele, virando-se com a adaga na mão.

Senti o rosto esquentar.

— Nada. Não importa. Era só um peixe.

— *Humpf* — grunhiu Eadric balançando a cabeça. Sentindo-me como uma idiota que pula na cadeira quando vê um camundongo, resolvi ser mais corajosa da próxima vez, não importando o que visse.

À medida que a passagem se estreitava ainda mais, o corpo de Eadric bloqueava a maior parte da luz, mas dava para ver que as paredes eram onduladas e esponjosas. Alguma coisa não estava certa.

Quando a passagem se alargou numa pequena câmara, Eadric parou para olhar em volta.

— Está vendo alguma coisa? — perguntei enquanto ele erguia a vela.

— Nenhum monstro, mas acho que estou vendo a pérola. Aquela coisa é enorme!

— Deixe-me olhar — falei, tentando ver para além dele.

Num redemoinho de algas no piso da câmara, a pérola era enorme. Era quase do tamanho da minha cabeça, mas perfeitamente redonda e de um branco puro. Eadric me entregou a vela, abaixou-se e estendeu a mão para a pérola. Quando tentou pegá-la, não conseguiu.

— Tem alguma coisa prendendo — disse ele.

Eadric se preparou para tentar de novo e pôde levantar a pérola alguns centímetros.

— Talvez se eu ajudasse — falei, envolvendo sua cintura com os braços e ajudando a puxar.

A pérola saiu do chão, centímetro a centímetro, até que a coisa que a segurava se soltou de repente e nós voamos para trás, batendo violentamente na parede oposta. Uma gosma pingou da pérola, cobrindo as mãos de Eadric. Quando nos levantamos, vimos uma depressão onde a pérola estivera grudada. Brilhando com um tom oleoso, um líquido mais pesado do que a água borbulhou da depressão até jorrar no piso.

Senti um tremor sob os pés.

— Eadric — falei, mas ele estava distraído demais com a pérola para notar. Outro tremor, mais forte do que o primeiro, fez Eadric levantar a cabeça, surpreso.

— O que foi isso? — perguntou uma voz familiar. Olhei para baixo e vi o pequeno siri verde subindo das dobras da minha bainha. — Vocês já se esqueceram de mim, não foi? Eu sei, é porque sou tão pequeno. Se eu fosse grande como um dos meus irmãos, vocês nunca esqueceriam que eu estou por perto. Meu irmão Sirius...

O tremor seguinte me fez cambalear.

— O que vocês estão esperando? — perguntou o siri. — Saiam daqui enquanto ainda podem! Eu estou meio tonto, mas parece que essas paredes estão se contraindo.

— Eadric — falei —, temos de ir.

Ele pôs a mão nas minhas costas e me empurrou para a passagem.

— Você primeiro.

Com o sirizinho pinicando meu braço enquanto se arrastava para dentro da manga, mergulhei na direção da abertura. Tínhamos nadado pouco mais de um metro quando as paredes se apertaram o bastante para roçar em meus ombros, e Eadric teve de se virar de lado para se mexer. Meu coração estava martelando, mas continuei em frente, decidida a não entrar em pânico na frente de Eadric.

As paredes continuaram a se comprimir até estarem me apertando. Havia muitos años um dos fantasmas da masmorra morreu ao ser enterrado vivo sob uma parede que desmoronou, e ele me descreveu aquilo com detalhes terríveis. Tive pesadelos durante semanas. Agora era como se estivesse vivendo um daqueles pesadelos.

Tentei me retorcer, forçando o caminho entre as paredes. A pressão seria tremenda se as paredes não fossem tão macias. Cravei os dedos na superfície, arrastando-me para a frente enquanto elas me faziam perder o fôlego. De repente cheguei ao fim, saltando para fora da passagem como a semente saindo de uma uva. Quando me virei para ajudar Eadric, o braço dele e o ombro já estavam saindo, mas a pérola presa embaixo do braço parecia estar atrapalhando. Enrolei os dedos na pérola e apoiei os pés contra a parede. Puxando com o máximo de força possível, livrei a pérola. Um instante depois Eadric escorregou para fora.

Estávamos de volta na caverna grande, e eu só queria sair, por isso fiquei horrorizada ao ver que a abertura tinha sumido. O teto estava mais baixo e as pedras pontiagudas agora se encontravam bloqueando a saída. Pousei os pés no chão mas me arrependi imediatamente, já que o piso começou a estremecer e assumir forma embaixo de mim. Não era um piso, e sim uma gigantesca criatura parecendo uma lesma que se levantou e me jogou contra a parede dos fundos. Tonta, flutuei desamparada.

Quando abri os olhos, vi Eadric lutando contra o monstro sob uma luz fraca. Estremeci quando uma coisa se moveu no meu braço. Era Sirilo, brandindo o alfinete com cabeça em forma de peixe, que tinha arrancado da minha manga.

— O que ele está pensando? — resmungou o siri, balançando as hastes dos olhos na direção de Eadric. — Não é possível lutar contra um monstro marinho desse jeito! — Afastando-se de mim, o siri nadou na direção do monstro enquanto segurava o alfinete com a grande pinça. — Deixe-o em paz, seu rufião! — E cravou o alfinete na lesma carnuda.

A lesma recuou momentaneamente, depois se levantou de novo e bateu em Eadric, fazendo-o girar até se chocar na parede. Balancei os braços tentando ficar fora do caminho do monstro.

— Tome isso! — gritou Sirilo, mergulhando outra vez o alfinete na lesma. Um instante depois Eadric estava com a adaga na mão e golpeando o monstro que se sacudia e se espremia.

A vela estava perdida em algum lugar da caverna, mas as rochas que bloqueavam a entrada permitiam que um pouco de luz entrasse. Eu estava olhando Eadric e Sirilo, desejando também ter uma arma, quando notei que o monstro sempre ficava na frente da caverna, o que o deixava mais vulnerável ao ataque. Era quase como se estivesse ancorado no lugar. Examinei-o, acompanhando sua silhueta até o piso da caverna, e ofeguei. O monstro *era* grudado no chão, mas não era só isso. Seu corpo rosado e macio *se transformava* no chão e recuava até... Não pude acreditar em como fui cega. Se não tivesse esperado achar um monstro marinho escondido numa caverna, talvez tivesse percebido a verdade antes, mas ter ido tão longe sem saber...

— Eadric — gritei. — Isto não é o monstro marinho. Nós estamos *dentro* do monstro. A coisa contra a qual você está lutando é apenas a língua dele.

— A língua? — gritou Eadric, recuando enquanto gotas do sangue do monstro formavam uma névoa em volta de sua adaga.

— Temos de sair daqui! O monstro está tentando nos empurrar de volta para a garganta. Está tentando nos engolir! Essas pedras devem ser os dentes dele.

Sirilo nadou furiosamente em minha direção, segurando meu ombro. As hastes de seus olhos coçaram meu ouvido.

— Agora estamos fritos! — gemeu o sirizinho. — Isso me faz lembrar da vez em que...

— Emma — disse Eadric —, por favor, faça alguma coisa com esse siri antes que eu me esqueça de que devo ser gentil.

— Acho que temos outra coisa com que nos preocupar agora — falei.

Apesar de a língua ter recuado sob o ataque de Eadric, sua ponta estava tateando as laterais da boca em forma de caverna. Tentamos nadar para longe, mas não demoraria muito até que a língua nos achasse outra vez e nos empurrasse de volta.

O monstro rosnou, um som ensurdecedor que fez doer meus ouvidos e me sacudiu até que os ossos chacoalharam, mas eu não deixaria que isso me impedisse. Tinha de bolar um feitiço, quer Eadric gostasse, quer não. Fiquei longe da língua enquanto tentava pensar nas palavras certas. De algum modo, saber com que tipo de criatura estávamos lidando deixava a coisa um pouco menos apavorante.

— Certo, monstro — falei por fim. — Seus dias de comer gente acabaram.

Ensine a esse monstro
Que assim não pode nos tratar!
Suas gengivas são firmes,
Mas fracas irão ficar.

Solte os dentes até chacoalharem
Solte mais, até balançarem.
Para não morrermos, então,
Que ele perca cada dentão.

Houve um estalo forte, e um a um os enormes dentes do monstro se afrouxaram, mas a fileira menor permaneceu intocada. Não foi dramático, mas mesmo assim foi eficaz.

— Agora você teve o que merecia! — gritou o siri.

Mais dois dentes se balançaram na gengiva do monstro, caindo no piso da boca. Enquanto um dente depois do outro se afrouxava e caía, o monstro do mar abriu a boca e uivou. Propelidos pelo jorro que saía da sua garganta, fomos em cambalhotas até sair da boca e passar pelo recife de coral antes de bater no solo do oceano.

Rolei até parar a alguns metros de Eadric. Tonta e abalada, cambaleei ficando de pé e perguntei:

— Você está bem?

Eadric esfregou o ombro e se encolheu.

— *Ahã*. E você? Achei que estava apavorada demais para ser de grande utilidade lá dentro, mas você foi bem corajosa.

— Corajosa não, só desesperada.

Eadric deu de ombros.

— Algumas vezes não há muita diferença entre as duas coisas. Então, que tal um beijo? Acho que a gente deveria comemorar.

— Comemorar o quê?

— Depois do que acabamos de passar? Primeiro o fato de estarmos vivos; depois, termos conseguido a pérola. E que tal seu segundo feitiço inventado na hora e bem-sucedido?

— Vou sentir mais vontade de comemorar depois de darmos isso a Malva Marinha e conseguirmos o fio de cabelo — falei batendo na pérola. Alguma coisa puxou minha manga, eu olhei e vi o pequeno siri balançando preso no tecido, com as hastes dos olhos cruzadas e as pernas tremendo. Larguei a pérola no colo de Eadric. — Como você está? — perguntei ao siri. Quando percebi que ele ainda segurava o alfinete como uma espada minúscula, peguei-o e enfiei na bolsa.

— Comigo não há nada errado! — disse Sirilo quando o coloquei firme no ombro. — Mas já me senti melhor. Bem, um dia desses eu estava dizendo ao meu irmão...

— Conte depois — interrompeu Eadric. — É melhor a gente ir andando. Aquele monstro pode estar em qualquer lugar. Olhe! — disse ele, apontando para o lugar de onde tínhamos vindo.

O monstro havia desaparecido, e eu fiquei pensando no que acontecera com ele até que notei uma forma cinza e pintalgada enrolada entre a ilha e o recife de coral. Tinha cabeça rombuda, braços curtos, uma alta barbatana curva e uma comprida cauda com uma ponta. Como conhecíamos o tamanho da cabeça dava para ter idéia de como o monstro realmente era grande; era enorme, e facilmente poderia se enrolar na torre de tia Gramina.

A criatura gemeu, um estranho som tremido que deixou meus ossos vibrando. Mantendo-nos perto do chão na esperança de não sermos observados, Eadric e eu nadamos até o recife de coral, ficando o mais perto dele que ousávamos. Com a água escurecendo em volta, dava para ver que o crepúsculo estava se aproximando e que teríamos de correr se eu quisesse levar a pérola a tempo para a bruxa.

Rodeando o recife de coral, vimos formas ameaçadoras com barbatanas curvas e rostos pontudos circulando acima. Eadric nadou para perto de mim, com a adaga na mão, os olhos se movendo constantemente enquanto tentava vigiar todas as direções.

Quando chegamos ao navio naufragado, o lugar estava surpreendentemente silencioso, com apenas os estalos da madeira e as misteriosas pancadas e os assovios que sempre parecíamos ouvir no oceano. Pérola nos recebeu à porta, enquanto sua mãe, Malva Marinha, permanecia na cadeira de espaldar alto diante da janela de popa.

— Conseguimos! — Eadric estendeu a pérola de modo que o resto de luz brilhasse na superfície.

— Mamãe ficará satisfeita — sussurrou Pérola.

Quando Malva Marinha não se virou nem reconheceu nossa presença de qualquer modo, comecei a imaginar o que estaria errado. Sinalizando para Eadric ficar onde estava, nadei pela lateral da cadeira da bruxa do mar e olhei para ela. Estava sentada relaxada, a cabeça inclinada para trás. Bolhas saíam de sua boca aberta e dava para ver os olhos se movendo sob as pálpebras.

— Ela está bem? — sussurrei para Pérola.

— Está. Eu cantei uma canção de ninar e a coloquei para dormir. Ela vai ficar furiosa quando acordar, mas até lá vocês já terão ido embora há muito tempo, e ela não terá poder sobre vocês, já que cumpriram a tarefa.

Eadric ficou consternado.

— Por que você quis botar sua mãe para dormir?

— Você deveria estar satisfeito com isso. Ela disse que, se trouxessem a pérola, ela iria mandá-los roubar a coroa do Rei Verme Marinho, um pedido ridículo, já que a coroa é inútil para qualquer um que não seja um verme. Isso é típico de mamãe. Nunca pôde cumprir com sua parte de um trato sem acrescentar outras condições. Mamãe costumava dizer às minhas irmãs e a mim que iria nos dar um agrado se arrumássemos os brinquedos. Quando fazíamos isso, ela nos obrigava a polir suas cracas ou escovar os dentes dos tubarões antes que víssemos qualquer agrado. Foi por isso que minhas irmãs, Mariska e Anêmona, saíram de casa assim que tiveram idade para isso. Provavelmente, vou me juntar a elas um dia desses.

Pérola estendeu a mão, abrindo-a para revelar um fio de cabelo diáfano.

— Aqui, eu peguei o cabelo. Sabia que, se vocês pedissem, ela nunca daria, mesmo que cumprissem com todas as exigências. Não se pode confiar nela. A coisa ficou tão ruim que todo mundo a considera o bacalhau branco da família. Eu sou a única que ainda fala com ela.

Coloquei o fio de cabelo na bolsa e estava puxando o cordel para fechá-la quando espetei o dedo, tirando uma gota de sangue. Era o alfinete enfeitado com o peixe de rubi. Peguei-o e o estendi, já que Pérola merecia um presente pelo que tinha feito.

— Isso é para você. Obrigada pelo fio de cabelo e pela ajuda. Fico feliz por não termos de realizar outra tarefa para sua mãe. A última já foi bem ruim.

— Que alfinete lindo! — disse ela, com os olhos brilhando.

— Acho que ele não tem magia nenhuma.

— Bobagem! Eu já tenho magia suficiente. Será um alívio não ter de me preocupar com o que pode acontecer quando o estiver usando.

Eadric já estava recuando para a porta.

— Estou ansioso por ir embora. Pronta, Emma?

— Você não está esquecendo alguma coisa? — perguntei.

Eadric estava com os dois braços em volta da pérola, e acho que esperava que ninguém notasse.

— Ah, é — disse ele meio sem graça. — Aqui, Pérola. Por favor, dê à sua mãe.

Pérola sorriu e estendeu as mãos.

— Vou me certificar de que ela receba.

Treze

Tínhamos passado pelas algas e estávamos nadando lado a lado quando olhei para Eadric e fiquei surpresa ao ver que ele estava preocupado.

— Tem alguma coisa incomodando você? — perguntei. — Nós conseguimos a pérola a tempo e agora temos o fio, de modo que está tudo bem, não é?

Eadric franziu a testa.

— Por que deu à outra o alfinete que trouxemos para Coral? Agora não temos presente para ela.

— Acho que eu não estava pensando. Sei como as fadas agem quando a gente não dá um presente que elas estavam querendo. Espero que Coral não seja desse jeito.

— Por que todo mundo esquece de mim? — perguntou o siri, cutucando minha manga. — Se é por causa do meu tamanho, saibam que eu vou trocar de carapaça logo e vou ficar bem maior.

— O que é que tem? — resmungou Eadric. — Nós não vamos dar um presente a você, se é o que está pensando.

— Não, não, não! Eu não quero presente, se bem que seria legal. Talvez se vocês...

— Sirilo! — Eu podia ver o castelo de Coral adiante e não queria chegar à sua porta discutindo com um siri.

— Eu só ia dizer que eu podia *ser* um presente para Coral. Eu gosto deste lugar, e não havia grande coisa para mim no seu castelo, princesa. Se quiser dizer que eu sou o presente, eu não me incomodaria. Assim que percebi que eles eram alguetarianos...

— Alguetarianos? — perguntou Eadric.

— Vocês sabem, gente que come algas. Como eu estava dizendo, já que eles são alguetarianos, não vão me comer, de modo que tenho certeza que estarei seguro aqui. Muito mais do que no seu castelo quando aquela lontra medonha voltar. Então, o que acha? Eu posso ser o presente, porque isso seria a resposta para os seus problemas e para os meus, não acha?

Estávamos quase chegando ao castelo de Coral, e eu não tinha muito tempo para pensar na decisão.

— Se é o que você realmente quer — falei.

Se o sirizinho irritasse Coral tanto quanto irritava Eadric, talvez ela se ressentisse do meu presente. Por outro lado, nós não tínhamos mais nada para oferecer, e Sirilo queria ficar.

— Sirilo, deixe-me entender direito — disse Eadric. — Segundo sua teoria, as pessoas que comem algas são alguetarianas. E quanto aos animais que comem seres humanos? Digamos, os dragões, por exemplo. Você iria chamá-los de humanitarianos?

— Talvez — respondeu Sirilo. — Dependendo de quem eles comem!

Vendo movimento com o canto do olho, virei a cabeça para olhar. Uma das criaturas de cara pontuda tinha vindo nos examinar mais de perto.

— Senhores — falei —, acho que temos companhia. — Disparei para a porta do castelo e experimentei a maçaneta, mas estava trancada. Eadric se virou para enfrentar a criatura, firmando-se na areia. Enquanto ele guardava minhas costas, bati na porta com o máximo de força possível, o que não é fácil debaixo d'água. — Depressa, Polvídio! — gritei. — Por favor, abra a porta!

— Aquilo é um tubarão — disse Sirilo. — Alguns são gente fina, mas outros são malvados. Está vendo como ele olha para a gente? Está tudo bem enquanto só olhar, mas tenham cuidado quando ele chegar mais perto. Ouvi contar algumas histórias apavorantes sobre esses caras. Lembrem-me de contar sobre um que...

— Por favor, mande esse siri calar a boca! — exclamou Eadric. Ele estava com a adaga de volta na mão e tentava ficar entre o tubarão e mim.

— Sirilo! — falei, sacudindo o braço para atrair a atenção dele.

Agora o tubarão estava mais perto, tanto que dava para ver seu olho frio e redondo nos encarando.

— Sirilo — sussurrou Eadric sem virar a cabeça. — Os tubarões têm algum ponto fraco?

O sirizinho pôs as hastes dos olhos para fora da minha manga.

— Está perguntando a mim? Achei que você queria que eu ficasse quieto!

— Sirilo! — gritei.

— Ah, certo! Ouvi dizer que os tubarões vão embora se você bater no focinho deles com alguma coisa pesada. Mas, veja, eu nunca conheci alguém que tenha feito isso, de modo que talvez não seja verdade. Sou meio pequeno para experimentar, mas você pode, se quiser.

Eadric grunhiu.

— Muitíssimo obrigado, Sirilo. Cuidado. Parece que ele está vindo para cá.

Eadric me empurrou contra a porta, depois ficou de costas para mim com os pés plantados firmemente, a adaga apertada na mão. Prendi o fôlego enquanto o tubarão ia direto para ele, desviando-se no último segundo.

— Tem algum feitiço em mente? — perguntou Eadric tão baixo que eu mal pude ouvir.

— Você vai ter de me dar um minuto.

— Não sei se eu tenho um minuto para dar.

— Então farei o melhor que puder. Aí vai.

> Você não quer a gente na barriga.
> O gosto é ruim, parece água.
> Volte para o lugar de onde veio.
> Nossa carne só lhe causaria mágoa.

— Isso deve fazer um tubarão decidir que não quer comer vocês? — perguntou Sirilo das profundezas de minha manga. — Porque acho que alguns tubarões comem água-viva, se bem que eu posso estar errado.

— Emma — gemeu Eadric —, ele não quer ir embora.

— Desculpe. Eu disse que precisava de mais tempo.

Estava tentando furiosamente pensar num feitiço melhor quando a porta se abriu e uma voz resmungou:

— O que vocês estão fazendo, se é que posso perguntar?

— É um tubarão, Polvídio, e ele...

— Ah — disse o polvo, e de repente seus braços pareciam estar em toda parte. Enrolou um na minha cintura e outro em Eadric, depois nos arrastou pela passagem. Um terceiro braço estava fechando a porta com força enquanto uma bocarra cheia de dentes saltava na nossa direção. Polvídio fechou a porta um instante antes de o tubarão se chocar nela com um estrondo.

— Essa foi por pouco — falei, coçando a cabeça onde tinha batido contra a parede.

Eadric me ajudou a ficar de pé.

— Está na hora de ir — disse ele.

Polvídio tinha posto uma barra na porta do castelo. Pancadas altas nos diziam que o tubarão estava tentando abrir caminho à força.

— Obrigada pela ajuda! — falei ao polvo enquanto o seguíamos pelo corredor.

— Não foi nada. Eu estava meramente mantendo a ralé do lado de fora. É uma pena que eu não possa deixar a ralé inteira por lá.

Nadei para perto de Eadric e sussurrei em seu ouvido:

— Será que nós acabamos de ser insultados?

— Lady Coral — disse Polvídio, guiando-nos até uma pequena sala de estar. — Eles voltaram.

— Maravilhoso! — declarou a bruxa do mar. — Eu estava começando a ficar preocupada.

— *Você* ficou preocupada? — disse Sirilo. — Você deveria ter estado lá. Se tivesse visto o que eu vi, ficaria preocupada desde o início.

Inclinando a cabeça de lado, Coral ergueu uma sobrancelha.

— Quem é você? — perguntou.

— Este é Sirilo — falei, não sabendo direito como iria apresentá-lo. — Ele é...

— Sou o seu presente! — disse o pequeno siri. — Eles querem agradecer por tudo que você fez. E devo dizer que sua casa é linda. Certamente muito mais bonita do que a da outra bruxa do mar, se bem que nem de longe tão bem localizada.

— Obrigada, Sirilo — falei, com a certeza de que Coral não iria querer um tagarela daqueles. — Quanto ao seu presente...

— Ele é uma graça! Obrigada por um presente tão bem bolado. Todo mundo me dá pentes e jóias para o cabelo, mas não é possível usar todos eles. Um belo sirizinho que pode me fazer companhia é uma idéia maravilhosa. Polvídio não gosta muito de conversar. Nós vamos nos dar muito bem, não é, Sirilo?

— Pode apostar, senhorita Coral. Eu sei contar histórias fantásticas. E sei...

— É melhor nós irmos — disse Eadric. — Será que poderia nos mostrar o caminho?

— Claro. Polvídio vai guiá-los até a porta. — Coral pegou uma minúscula sineta de vidro numa mesa ali perto e tocou-a. — Dê minhas lembranças a Gramina e, por favor, voltem para me visitar. Gostei de conhecer vocês. Agora, Sirilo — disse ela, colocando o siri na poltrona ao seu lado —, fale de você.

Eadric riu.

— Isso vai demorar um bom tempo.

— *Hmf* — disse Polvídio, que estava esperando junto à porta. — Por favor, sigam-me.

— E o tubarão? — perguntei.

— Não vai incomodá-los. O mundo fora da porta de concha segue suas próprias regras. O que acontece nas águas em volta do castelo não afeta as águas do outro lado daquela porta.

Bom!, pensei. Eu já tinha visto dentes grandes e afiados o suficiente para toda a vida.

A porta de concha não ficava longe da sala de estar, e eu podia ouvir o murmúrio das vozes de Coral e Sirilo vindo pelo corredor. Eles deviam estar gostando da companhia um do outro, porque as últimas coisas que escutei antes que a porta se fechasse atrás de nós foram os risos agudos de uma linda bruxa do mar e de um sirizinho engraçado.

Quatorze

Estávamos parados ao lado da tigela de vidro, com água escorrendo das roupas, quando ouvimos a voz animada de Fê.

— Como foi?

— Fê, onde você está? — perguntei, tentando achá-la na sala escura.

— Não estão me vendo aqui em cima? — ofegou a morcega.

— Não me digam que a água do mar deixou vocês cegos. Se for assim...

— Não, Fê, é só que está escuro. Se importa se tivermos um pouco de luz?

— Ah, claro! Eu vivo esquecendo que só porque tem luz suficiente para mim não significa...

— Luzes! — falei, estalando os dedos para o teto, onde as luzes-das-bruxas bateram umas nas outras. Um brilho rosado encheu a sala, fazendo com que tudo parecesse suave e onírico.

— Então vocês voltaram! — disse uma voz. Virei-me e vi Gramina saindo do quarto. Seu rosto estava pálido, com grandes olheiras embaixo dos olhos vermelhos e inchados de chorar. — Aqui, deixe-me ajudá-los com essas roupas molhadas.

Apontando o dedo para nós, ela murmurou algumas palavras. Houve um jorro de ar quente e nossas roupas estavam secas, se bem que meu vestido subitamente tenha ficado um número menor e a túnica de Eadric parecesse mais curta. Talvez mamãe estivesse certa quando disse que Gramina acharia difícil se concentrar em magias que não tivessem a ver com Haywood.

— Graças a Deus você está em casa! — falei. — Você está bem? Falou com mamãe?

Gramina resmungou:

— Ela veio para cima de mim no minuto em que voltei. Sua mãe vive se preocupando. Eu já me informei sobre o mago de Beltran, e ele não vai ser problema. É o irmão de Velgordo, Velcareca, e é ainda menos competente do que o irmão. Não posso fazer nada enquanto ele não atravessar nossa fronteira, por isso a coisa terá de esperar até eu ter cuidado do Haywood.

— Onde encontrou Haywood?

— Ainda não encontrei — disse ela enquanto novas lágrimas escorriam pelas bochechas. — Minha mãe é horrenda! Nunca vou perdoá-la enquanto viver. Colocou pistas falsas, e ainda estou tentando descobrir qual é verdadeira. Vim pegar umas coisas. Vou partir logo.

— Mas e Beltran? Mamãe disse que...

— Eu já falei, não há com que se preocupar. — Gramina estava impaciente. — Sua mãe se assusta até com sombras. Neste momento a única coisa que me preocupa é cuidar do meu querido Haywood.

— Posso fazer alguma coisa para ajudar?

— Só diga o que você conseguiu até agora e o que eu ainda preciso achar.

— Não era exatamente o que nós esperávamos, mas conseguimos o fio diáfano de cabelo da mãe de Pérola. — Abri a bolsa e entreguei o fio a Gramina. — E aqui está o seu pente — falei, entregando-o também. — Suas amigas ajudaram muito.

— Eles podem comer as tortas de frutas agora? — perguntou Fê.

Gramina deu de ombros.

— Podem, se estiverem com fome.

— Eu adoro essas coisas! — disse Eadric, correndo para a mesa onde Fê tinha acabado de descobrir um prato de minitortas. Depois de enfiar uma na boca, levou o prato até o tapete macio, cor de musgo, na frente da lareira. Sentei-me ao lado dele e estendi as mãos para o calor do fogo.

Fê pousou no chão e inclinou a cabeça de lado. Espiando-me, perguntou:

— O que mais vocês precisam conseguir?

— Como temos o fio de cabelo, precisamos do hálito de um dragão verde, uma pena de um cavalo velho e a casca de um feijão mágico.

— Você não precisa pegar as coisas numa ordem especial. — Gramina enxugou os olhos com as costas das mãos e se acomodou numa poltrona. — E eu sei aonde podem ir em seguida, se bem que terão de esperar até amanhã de manhã. Precisam descansar, e o mercado de magia está fechado agora. — Ela apontou para a tapeçaria atrás de mim, e eu me virei para olhar.

Era uma velha tapeçaria pendurada na parede desde antes de eu nascer. A imagem mostrava uma cidade em volta de um mercado; agora estava bastante escura, com apenas algumas luzes acesas nas janelas. Quando eu era menor, passava horas examinando-a, adorando o modo como ela mudava de um segundo para o outro.

— Isso não somente é o mapa de um lugar verdadeiro — disse Gramina —, mas também é o melhor caminho para chegar ao mercado de magia. Basta tocar o muro em volta da fonte e vocês vão direto para lá. Toquem o lugar de novo quando quiserem voltar para casa. Vocês devem conseguir os feijões mágicos numa das barracas, e alguém pode ter a pena ou o hálito de dragão também.

— Você acha que eles vendem espadas naquele mercado? — perguntou Eadric. — Eu preciso de uma nova.

— Provavelmente sim. Eles vendem praticamente tudo.

Fiz um relato rápido de nossa viagem na tigela de água salgada, deixando de fora alguns detalhes como o monstro do mar, o tubarão e a ameaça de Malva Marinha de cortar nossa cabeça. Contaria mais tarde, quando ela não tivesse tanta coisa com que se preocupar.

— Muito obrigada — disse Gramina quando terminei. — Vocês nem sabem o quanto a ajuda de vocês significa para mim. — Ela sorriu por entre as lágrimas que iam secando. — Eu não poderia procurar Haywood e ao mesmo tempo encontrar essas coisas. Não sei o que faria sem vocês.

— Nós ficamos felizes em ajudar — respondi.

Depois de dizer boa noite, desci para dormir na minha cama. Por mais cansada que estivesse, não consegui cair no sono porque não parava de me preocupar. Sem a ajuda de Gramina os homens de meu pai estariam despreparados para enfrentar um oponente armado com magia, no entanto minha tia não estava fazendo nada em relação a isso. Se ao menos eu não a tivesse levado até Haywood!

Se ao menos não a tivesse convencido a falar com vovó! Não era freqüente eu concordar com mamãe, mas dessa vez não conseguia evitar a sensação de que ela estava certa em se preocupar. Mesmo que Gramina não pudesse fazer nada enquanto Beltran não atravessasse a fronteira, ela deveria estar tentando descobrir o que ele havia planejado. Quando finalmente apaguei, os sonhos foram cheios de soldados sem armas, marchando para a batalha contra algum horror sem rosto. Não conseguia parar de me revirar até que ouvi um galo cantando numa das fazendas vizinhas.

ॐ

Quando acordei mais tarde naquela manhã meu estômago já estava roncando, por isso fui à cozinha procurar algo mais substancial do que minitortas de frutas. Encontrei mais soldados do que o normal no caminho até lá, inclusive alguns que nunca tinha visto. As cozinheiras estavam ocupadas, mas tiveram tempo para contar que Eadric tinha vindo e ido embora, depois de comer o bastante para dois homens adultos. Na cozinha ele era considerado um fenômeno, e as cozinheiras e copeiras estavam apostando o quanto ele conseguia comer.

Eu já estava saindo, com o estômago agradavelmente cheio, quando encontrei mamãe.

— Falou com Gramina ontem à noite? — perguntou ela. — O que minha irmã disse?

— Que não pode fazer nada enquanto Beltran não atravessar a fronteira.

Mamãe mordeu o lábio e assentiu.

— Foi o que ela me disse também, mas está errada, você sabe. Há muitas coisas que poderia fazer para se preparar. Eu me sentiria bem melhor se ela fizesse algum esforço.

— Tenho certeza que Gramina sabe o que está fazendo — falei, ainda que realmente não acreditasse nisso.

— Espero que você esteja certa. Eu não consigo mais falar com ela. Gramina está distraída demais para se concentrar em alguma coisa importante e só quer falar do Haywood. Não consegui convencê-la a não partir de novo, embora tenha avisado que ela deveria ficar aqui para planejar a estratégia. Aquela mulher perdeu todo o senso de responsabilidade para com este reino. Está perturbada demais. Se não puder achar Haywood ou transformá-lo de volta em humano, acho que pode ficar melancólica, e aí não terá utilidade para ninguém. Foi o que aconteceu na primeira vez em que ele sumiu, você sabe.

Deixei mamãe falando com suas damas de companhia e passei rapidamente pelos corredores apinhados. Soldados montavam guarda junto à porta da sala do trono, outra evidência de que meu pai estava se preparando para a guerra. Ao chegar aos aposentos de minha tia, achei Eadric esperando numa poltrona perto da lareira e Fê sentada na mesa de trabalho de Gramina, ao lado de uma pequena bolsa de pano.

— Gramina saiu ontem à noite, depois de você ir para a cama — disse a morcega. — Pediu que eu lhe desse isso.

— O que é? — perguntei. Espiando dentro, vi um punhado de moedas.

— Deve bastar para os feijões mágicos — disse Fê. — Agora é melhor vocês irem. Já estão atrasados para começar.

Ainda que a tapeçaria ocupasse boa parte da parede, a imagem da fonte não era muito grande. Nossos dedos a cobriram quase toda quando Eadric e eu a tocamos ao mesmo tempo. Eu sabia que era tecido trançado, mas a imagem estava fria e lisa como pedra de verdade. Um sopro de ar me fez piscar; houve uma breve sensação de vôo, e de repente estávamos parados junto de uma fonte de mármore.

A fonte ficava numa pequena plataforma elevada, que nos dava uma boa visão do mercado. Parando no topo da escada, tentei captar a forma do mercado, mas o arranjo de barracas e carroças não parecia ter qualquer ordem.

— Vamos olhar por aí — disse Eadric, descendo de dois em dois os degraus.

Um toldo amarelo da cor de margaridas sombreava a barraca abaixo da escada. Havia estampas de canecas no tecido do toldo, e na prateleira que corria por toda a extensão da barraca havia uma dúzia de canecas de estanho polidas e prontas para o uso. Eadric parou a alguns metros de distância, boquiaberto de incredulidade. Um gato cinza com patas brancas estava atrás do balcão, polindo uma caneca que havia retirado de um caixote.

— Olhe só isso! — disse Eadric espiando o gato.

— Feche a boca, Eadric — falei, dando-lhe uma cotovelada. — Não é educado ficar encarando.

— Mas é um gato...

— E este é um mercado *mágico*. Você não pode esperar que seja igual a um comum.

— Canecas! — cantarolou o gato. — Canecas sem fundo! Nunca mais fique sem cerveja. Encha uma vez e ela fica cheia para sempre, não importando o quanto você beber.

— Meu tio iria adorar uma dessas — disse Eadric. — Só que ele iria considerar um desafio e tentaria beber até esvaziar.

— Não estamos aqui para comprar presentes para as pessoas. Viemos por causa do feijão, lembra?

— O feijão, certo. Ei, gato — disse Eadric —, sabe onde a gente pode comprar um feijão mágico?

— Sinto muito, não sei, meu chapa. Sou novo aqui e ainda não conheço as outras barracas. Você pode perguntar ao cachorro ali adiante. Ele faz entregas e parece conhecer tudo. Está interessado numa caneca?

— Talvez outra hora. Obrigado, gato.

O toldo azul-claro da barraca ao lado mostrava a estampa de uma nuvem com as bochechas inchadas e linhas saindo encaracoladas da boca, como se ela estivesse soprando alguma coisa.

— O que você tem aí? — perguntou Eadric, apontando para uma caixa de madeira entalhada sobre o balcão.

Um rapaz com cabelo cor de palha abriu a tampa e tirou quatro finos pedaços de vidro pendurados numa placa de prata redonda. Havia um cilindro de prata pendurado no meio dos pedaços de vidro, e, enquanto nós olhávamos, o sujeito bateu no cilindro. O cilindro esbarrou nas tiras de vidro, emitindo um tilintar. Uma brisa soprou na barraca, agitando os cabelos de Eadric e os poucos cachos que estavam soltos da minha trança.

— Veja só — disse o rapaz, batendo no cilindro de novo e provocando um vento mais forte. — É um sino de vento, e sua operação é simples. Cada toque amplifica o efeito. Espante seus amigos, confunda seus inimigos, provoque o vento sempre que quiser.

— Temos de comprar outras coisas primeiro — falei, vendo pela expressão de Eadric que ele estava hesitando.

O gato tinha mencionado um cachorro na segunda barraca adiante, mas o único ocupante era uma velha vestida totalmente de azul.

— Em que posso ajudá-la, minha jovem? — perguntou ela.

— Tenho algumas lindas pedras para vender. — Colocando um pequeno baú no balcão, ela levantou a tampa e mostrou várias pedras coloridas. — Pedras para toda ocasião; pedras que tornam você bem-sucedida e corajosa, pedras que curam dor de barriga ou afastam dor de dente. Essas pedras roxas afastam os pesadelos, se é isso que está perturbando você. — Ela segurou uma pedra violeta ao sol.

— É muito bonita, sem dúvida, mas não é o que estou procurando. Na verdade me disseram que aqui nesta barraca trabalha um cachorro que poderia nos ajudar. Ele faz entregas.

A velha franziu os lábios e fechou a tampa com um som seco.

— Ah, você quer falar com o Archie. Ele está fazendo uma entrega e não deve voltar tão cedo.

— Nós estamos procurando um feijão mágico. A senhora sabe onde posso comprar?

— Um feijão mágico? — A mulher balançou a cabeça. — Desculpe, não posso ajudá-la.

Havia se formado um nó na boca do meu estômago. Talvez não fosse tão fácil achar o feijão quanto eu tinha pensado.

— Emma, venha cá! — gritou Eadric de uma barraca do outro lado do beco estreito. Um homem gorducho estava atrás do balcão, segurando uma vara grossa. Havia um boneco de pano pendurado num mastro no canto, com o enchimento saindo por vários buracos. — Essa vara é incrível. Olhe o que ela faz. — Eadric assentiu para o homem.

— Bata, vara — disse o homem jogando a vara contra o boneco. Girando no ar, a vara bateu no corpo de pano, fazendo barulho e erguendo nuvens de poeira. O boneco balançava no mastro, girando a cada golpe da vara implacável até eu achar que as costuras não agüentariam mais.

— Você pode usá-la se alguém tentar roubar alguma coisa — explicou Eadric. — Nunca se sabe quando a gente vai encontrar um ladrão.

Balancei a cabeça e comecei a me afastar.

— Não acho. Seria tão fácil a vara ser usada contra o dono como contra um ladrão. Prefiro me arriscar sem a vara, obrigada.

Eadric correu atrás de mim.

— Mas, Emma, você se arrisca demais. Pelo menos com a vara eu saberia que está em segurança.

— Eu *estou* em segurança — falei, dando meu sorriso mais luminoso. — Tenho você comigo, não tenho?

Eadric ficou sem fala. Encarou-me por um momento, talvez para ver se eu estava brincando, mas não deixei que ele soubesse como me sentia de verdade. Não queria uma vara para me proteger; podia proteger a mim mesma.

— Está certa — disse ele, dando de ombros. — Vamos achar o tal feijão.

Continuamos por entre as barracas, parando para examinar os itens que nos interessavam, como as sementes que podiam abrigar um guarda-roupa inteiro ou os sapatos que podiam levar uma pessoa por distâncias enormes, mas não vimos o cachorro nem ouvimos ninguém anunciando feijões. Estava começando a imaginar se acharíamos a barraca quando vi um cachorrinho de pêlo branco e fofo carregando uma bolsa de couro na boca.

— Com licença — gritei para o cachorro. — Você é Archie?

O cachorrinho parou abruptamente e se virou para me olhar, com a bolsa presa com força entre os dentes. Em seguida assentiu sem abrir a boca.

— Disseram que você talvez soubesse onde podemos achar alguém que venda feijões mágicos — falei.

Archie inclinou a cabeça para um lado e me olhou de cima a baixo. Devo ter passado por sua inspeção, porque ele pousou a bolsa, apesar de ter o cuidado de pôr as duas patas da frente em cima dela.

— Procure a barraca com toldo verde-escuro. O velho Bosely é o único que eu conheço que vende feijões mágicos. Se ele não estiver lá, pergunte por Branca de Leite. Ela está aprendendo o serviço.

— Quem é Branca de Leite? — perguntei, mas o cachorrinho já havia apanhado a bolsa e trotado para longe no meio da multidão, com o rabo peludo balançando.

Encontrei Eadric mordiscando uma perna de perdiz assada. Ofereceu uma asa e não pareceu ofendido quando recusei.

— Precisamos procurar um toldo verde, um homem chamado Bosely e alguém chamado Branca de Leite — falei.

— Deve ser outra gata. Não acredito nas coisas que eles colocam esses gatos para fazer. Mas vou lhe dizer uma coisa, aquele gato ali adiante sabe preparar uma perdiz.

Demoramos um tempo para abrir caminho pelo mercado, já que Eadric queria parar em todas as barracas de comida. Só quando chegamos à última fila de vendedores achamos o certo. Uma grande barraca sombreada por um toldo do verde mais escuro, que me lembrou o baú com forro de veludo onde mamãe guarda suas jóias. As cores eram mais brilhantes do que as dos alimentos comuns — maçãs rubi, ameixas ametista, abóboras topázio e uvas safira. Encontrei frutas e legumes que nunca tinha visto, como a fruta comprida e amarela que crescia em cachos como dedos, e enormes melões listados, grandes como uma cabeça de cavalo. Eles pareciam ter de tudo — menos feijões.

Um homem de barba crespa e cabelos brancos viu nossa chegada. Era tão baixo que seu queixo poderia pousar no balcão, no entanto as mãos eram enormes, e dava para ver o volume dos músculos sob o gibão marrom. A vaca parada atrás dele era totalmente branca, a não ser pela ponta do nariz e os enormes olhos escuros. Deduzi que ela devia ser Branca de Leite.

Estava abrindo a boca para perguntar pelo feijão quando Eadric estendeu a mão para uma ameixa, apertando-a entre o polegar e o indicador. Os olhos do homem eram vesgos, de modo que era difícil saber exatamente para onde ele olhava, mas estava claro que tinha notado Eadric.

— Em que posso ajudá-los? — perguntou. — Nós temos uma política: se encostar a mão, tem de comprar. — Ele apontou para uma placa sobre a mesa, escrita com letras luminosas.

    Se tocar, tem de comprar.
    Nada de amostra grátis. Nem devolução.
    Os ladrões serão perseguidos por harpias.

— Quantas ameixas você quer? — perguntou o homem. — Elas são mágicas, e com certeza são deliciosas.

— Quatro — respondeu Eadric.

— O que nós estamos realmente procurando são feijões mágicos — disse eu.

O homem virou o olhar na minha direção.

— No momento não temos. Não está na época. Volte daqui a seis meses. Até lá deveremos ter.

— Nós precisamos quebrar um feitiço — disse Eadric. — Não podemos esperar seis meses!

— Sinto muito, não posso ajudar. Troquei meus últimos feijões por Branca de Leite. É um centavo pelas quatro ameixas.

— Será que alguém pode ter? — perguntei. — Talvez o ex-dono de Branca de Leite possa me ceder um.

A vaca piscou com seus cílios compridos e escuros.

— Aqueles feijões também já sumiram. João me disse que sua mãe os jogou pela janela quando ele chegou em casa.

Bosely grunhiu e coçou o nariz.

— Como eu disse, voltem em seis meses. Então vocês poderão comprar quantos feijões quiserem.

Quinze

Não querendo desistir, caminhamos pelo mercado perguntando aos vendedores sobre feijões mágicos. A maioria nos olhava como se fôssemos loucos e dizia:

— Não está na época de feijões mágicos.

Outros eram mais espertos, agindo como se soubessem, depois tentando nos vender outra mercadoria.

Apesar de não estarmos com sorte para achar um feijão, encontramos várias mercadorias mágicas e tentadoras à venda. Eu estava examinando uma pena de escrever que nunca precisava de tinta, quando alguém gritou do outro lado do mercado:

— Emeralda!

Encolhi-me, reconhecendo a voz de vovó.

— O que está fazendo aqui? — perguntou ela, abrindo o caminho a cotoveladas.

— Procurando um presente para mamãe — falei.

Era uma desculpa como qualquer outra, mas eu duvidava de que mamãe realmente fosse querer alguma coisa de um mercado mágico. Mas eu não tinha intenção de contar a vovó sobre nosso verdadeiro objetivo.

Vovó coçou o nariz comprido e franziu a vista.

— Meu gato disse que você começou a praticar magia. Já era hora. Você é boa?

— Sei fazer alguns feitiços.

Eadric tossiu e meu rosto ficou quente, mas vovó não pareceu notar.

— Excelente. Continue estudando. Precisamos de mais bruxas na família. Venha me ver quando estiver pronta para aprender com uma especialista. — Era a primeira vez na vida que eu recebia a aprovação de vovó e não sabia bem o que dizer. — Vocês não viram Velgordo, viram? Rastreei o velho bandido até aqui, mas ele é bom em se esconder.

Balancei a cabeça.

— Não vi.

O olhar dela circulou pelo mercado, pousando numa bruxa gorda que levava uma grande cesta de palha, a apenas algumas barracas de onde estávamos.

— Quase o peguei na Arábia, mas ele se disfarçou de dançarina e se escondeu no palácio do sultão.

— Velgordo? — disse Eadric, surpreso e com a sobrancelha erguida. — Ele é um velho!

— Você ficaria espantado em saber o que alguns véus conseguem esconder. — Franzindo a vista, vovó encarou a bruxa e disse: — Ali, nos ombros dela. Não parece semente de alimentar pássaros?

As coisinhas no manto da mulher poderiam ser sementes, mas a distância não dava para ver direito.

— Talvez — comecei, mas vovó já estava correndo para a outra barraca.

Uma cabeça com penas verdes surgiu acima da borda do cesto da bruxa gorda.

— Eles estão ali! — guinchou uma voz conhecida quando Eutambém bateu as asas, fazendo o cesto se sacudir.

— Agora não, seu pássaro idiota! — gritou a bruxa, lutando para segurar o cesto.

Velgordo estava usando um disfarce tão bom que eu não o teria reconhecido se não escutasse a voz. O capuz do manto cobria a cabeça, e ele usava um vestido preto e comprido, semelhante ao de vovó. Tinha raspado a barba e o bigode e escurecido a pele. Quando viu vovó abrindo caminho pela multidão, seus olhos se arregalaram e ele recuou um passo, depois se virou e disparou para a fonte.

— Segurem-no! — gritou vovó.

Ao som de sua voz meia dúzia de bruxas velhas e furiosas começou a correr atrás de Velgordo. Reconheci-as como algumas bruxas da Comunidade do Retiro.

Velgordo subiu a escada até a fonte, com os tornozelos levantando a bainha do vestido, enquanto Eutambém guinchava e se sacudia no cesto. Fiquei surpresa ao ver como vovó conseguia correr depressa, logo que se livrou da multidão. Mesmo assim estava apenas na base da escada quando Velgordo estendeu a mão e tocou a parede baixa que rodeava a fonte. Vovó xingou e se jogou contra o velho bruxo enquanto o ar tremulava ao redor dele. Tarde demais: Velgordo desapareceu segundos antes de a mão dela bater na parede. O ar tremulou de novo, e de repente ela também sumiu.

— Por que ela não usou magia para pegá-lo? — perguntou Eadric.

Dei de ombros, levantando a cabeça quando um vendedor, parado ali perto, respondeu:

— Só a magia licenciada funciona dentro dos limites da cidade. O sindicato dos mercadores cuida das licenças, e eles colocaram um abafador sobre a cidade para impedir o uso de magia aleatória. Sem um abafador, os clientes inescrupulosos poderiam roubar o que quisessem e ninguém poderia encontrá-los.

Eadric assentiu.

— Talvez por isso Velgordo achasse que estaria seguro aqui.

— Mas eles não vão terminar no mesmo lugar? — perguntei. — Ela também tocou a parede.

— Eles vão voltar para o local de onde vieram — disse o vendedor. — Não imagino onde.

Continuamos por alguns minutos e tínhamos chegado à parte do mercado em que se vendiam poções, quando ouvimos gritos. Uma turba corria na nossa direção, cada vez mais barulhenta e frenética. Alguma coisa rugiu numa voz tão alta que os postigos das janelas atrás de mim estremeceram. Cobri os ouvidos com as mãos, enquanto Eadric segurava a adaga.

— Eu *preciso* arranjar uma espada! — disse ele, com o olhar examinando a multidão e procurando a fonte do perigo.

A multidão se abriu, revelando um leão de juba preta e um unicórnio de chifre prateado, encarando-se. O unicórnio gritou, empinando nas patas traseiras para esmagar o crânio do leão com os cascos. Quando o unicórnio estava para acertá-lo, o leão saltou de lado e se virou para golpear o oponente com as garras afiadas. As mesmas pessoas que tinham se mostrado tão ansiosas por fugir havia apenas alguns instantes agora pareciam interessadas em olhar, boquiabertas.

— É melhor irmos — falei. — Não temos tempo para ficar olhando.

— Tenho de ver como vai acabar.

— Ótimo — falei andando. — Fique aí enquanto eu continuo a busca.

— Não pode esperar mais um minuto?

— Não, se quisermos procurar um feijão *e* uma espada.

— Ah, certo — disse Eadric correndo atrás de mim.

Eu estava quase preparada para abandonar a busca pelo feijão quando chegamos a uma barraca com toldo verde desbotado e mercadorias variadas. Uma velha de cabelos brancos ergueu a cabeça quando nos aproximamos. Sorriu sem dentes e disse:

— Em que posso servi-los?

Mesmo se tivesse dentes, sua aparência seria incomum, já que possuía apenas um olho que nunca parecia espiar diretamente na nossa direção, revirando-se na órbita como se tivesse vida própria.

— Estamos procurando feijões mágicos — disse Eadric sem rodeios. — A senhora tem algum?

— Vocês estão sem sorte. Não há feijões nesta época do ano. Está fora da temporada.

— Talvez mesmo assim a senhora possa nos ajudar — falei. — A senhora sabe de alguém que tenha bafo de dragão à venda? Ou uma ou duas penas de cavalo?

— Bafo de dragão é raro. É difícil demais coletar sem ser frito. Nunca ouvi falar em penas de cavalo. Tem certeza que ninguém está tentando enganar vocês?

— É possível, mas não é provável. Precisamos continuar procurando — falei, e comecei a me virar.

— Talvez eu tenha algo que vocês possam querer. Deixe-me olhar. — A mulher se curvou procurando alguma coisa embaixo do balcão, mas quando se abaixou seu olho saltou, rolou sobre o balcão e caiu no chão com um *plop* baixo.

Eadric se abaixou para procurar o olho. *Ele é uma pessoa gentil*, pensei, vendo-o pegar o olho imundo e entregar à bruxa velha. Muita gente não quereria tocar aquilo.

— Obrigada — disse ela. — Eu tinha um vidro cheio deles, mas meu marido levou embora quando fugiu com uma bruxa mais nova. Quando finalmente o alcancei, ele e aquela vagabunda já haviam se separado, e o sujeitinho deixou os olhos com ela. Nunca descobri o nome da bruxa, nem o que aconteceu com meu vidro cheio de olhos.

— Verdade? — falei. — Talvez eu saiba onde eles estão.

A velha ficou de boca aberta, soltando um fedor que fez meus olhos lacrimejarem.

— Onde eles estão? Diga onde estão e eu lhe dou seus feijões!

— Achei que a senhora tivesse dito que não tinha nenhum — disse Eadric.

— Isso foi antes de eu saber que vocês tinham uma coisa que eu queria. Sempre gosto de guardar um ou dois. Nunca se sabe quando podem ser úteis. Diga, onde está meu vidro com os olhos?

— Bom, eu não sei exatamente onde estão os *seus* olhos — comecei.

A velha balançou a mão, descartando qualquer questão de propriedade.

— Isso não importa. Eu vou saber se são meus quando os vir. Onde estão?

— Primeiro os feijões — disse Eadric.

A bruxa estendeu a mão para uma caixa enfiada embaixo do balcão. Depois de colocá-la no balcão de madeira, remexeu dentro enquanto murmurava baixinho:

— Fivelas mágicas, fitas mágicas, fósforos mágicos... ah, aqui estão: feijões mágicos!

Pegando duas coisas amarelas e murchas no meio do pó do fundo da caixa, ela os estendeu segurando com o polegar e o indicador, mostrando a Eadric e a mim.

— Agora falem dos meus olhos.

— Espere um minuto — disse Eadric. — O que é isso?

— Feijões mágicos, claro. Podem ser velhos, mas ainda são poderosos! Se não querem, podem esperar seis meses pelos frescos.

— Não faz mal — resmungou ele. — Acho que vão servir.

A velha se virou para mim.

— E os olhos?

— Eu vi um vidro cheio de olhos na cabana de uma bruxa há cerca de uma semana — falei. Eadric e eu ficamos presos na cabana quando éramos sapos, mas não iria dizer isso a ela.

— Eles estavam vivos? — perguntou a velha, prendendo o fôlego.

— Sim, muito vivos. Ficavam me olhando.

Ela bateu palmas, incapaz de controlar a alegria.

— E onde fica essa cabana?

— No bosque encantado nos limites de Grande Verdor.

— É só isso que eu preciso saber! Obrigada! Aproveitem os feijões! — disse ela, largando-os na mão estendida de Eadric. Pegando uma caixa sob o balcão, a velha saiu correndo da barraca.

— Agora podemos procurar sua espada — falei satisfeita com nossa mais nova aquisição. — Se corrermos, poderemos voltar ao castelo antes do jantar.

Rindo, Eadric pôs as mãos na minha cintura e me levantou, girando-me até eu ficar tonta.

— Este dia acabou sendo melhor do que eu pensei! Temos os seus feijões, eu vou conseguir minha espada e ainda chegaremos ao seu castelo a tempo de uma refeição quente. Que tal um beijo para comemorar?

— Você e suas comemorações! Tem certeza que temos tempo para um beijo? Não deveríamos sair correndo antes que todas as espadas sejam vendidas?

— Não tinha pensado nisso! — disse ele me pousando no chão tão rápido que meus dentes se chocaram. — Pode me dar aquele beijo mais tarde.

— Espere! Eu só pensei que... — Mas Eadric já tinha ido, desaparecendo entre as barracas enquanto corria para achar a área dos armeiros no mercado. Corri atrás dele, sem saber onde deveríamos procurar, por isso fiquei surpresa quando ouvi alguém cantando e percebi, pelas palavras, que era uma espada.

> Ah, meu dono, me fazes penar
> Afastando-me da vista e do cantar.
> Pois posso servir-te na luta
> Sendo a espada mais astuta!

Ela ainda estava cantando quando cheguei à barraca onde Eadric estava parado em fila, com um olhar de grande desejo. Havia apenas mais dois jovens diante da barraca, ambos vestidos de verde-escuro. O homem que usava um gorro pontudo estava pagando por sua espada enquanto o outro esperava para testar uma. Depois de pegar o dinheiro do freguês, o vendedor sinalizou para o rapaz na frente de Eadric e lhe entregou uma espada.

— Aqui, experimente esta, meu jovem — disse ele.

A espada pareceu ficar viva no momento em que saiu da bainha, brilhando com uma luz suave que quase vibrava. Quando o rapaz foi até o gasto boneco de testes e levantou o braço com a espada, o metal brilhante começou a cantar:

> Sou muito mais afiada
> Que qualquer outra espada.
> Corto água, corto lenha,
> Corto pedra e o que mais venha.

— Não há duas exatamente iguais — explicou o vendedor. — Elas são espadas com nomes, as melhores do mundo conhecido. E se ligam rapidamente ao dono.

— Vou ficar com ela — disse o rapaz, jogando-lhe um saco de couro cheio de moedas tilintantes.

O vendedor sorriu e curvou a cabeça, mas contou as moedas antes que o rapaz sumisse. Um sino soou, e vi outros vendedores começando a fechar as barracas, ajudados por gatos, cachorros e alguns ajudantes humanos.

O vendedor de espadas franziu a testa quando viu que Eadric continuava esperando.

— Vou fechar agora, meu jovem — disse, enquanto baixava o primeiro postigo que protegia sua barraca.

Eadric pôs a mão no postigo seguinte, impedindo o mercador de movê-lo.

— Sem dúvida o senhor tem tempo para me mostrar uma de suas belas espadas. Eu preciso comprar uma hoje, se possível.

O vendedor espiou Eadric com o canto do olho.

— Nós não devemos fazer negócios depois do toque do sino. Eu volto dentro de 15 dias.

— Não acredito que o senhor não quer vender mais uma espada. Se elas são tão boas quanto diz, não vou demorar muito a decidir.

— Ah, bem, acho que não faz mal. — O vendedor enfiou a mão numa caixa, pegando uma bainha belamente entalhada, de onde se projetava um cabo filigranado. — É uma das minhas melhores. — Ele estendeu a mão em protesto quando Eadric começou a tirar a espada da bainha. — Não, não! Não temos tempo para isso. O vigia vai chegar logo e eu tenho de estar com tudo guardado. Quer a espada ou não?

— Sem experimentar? Eu gostaria de sentir o peso dela na mão.

Estava ficando escuro, e homens com círios acendiam os lampiões perto da fonte. O olhar do mercador saltou na direção da luz, depois de volta para Eadric.

— Não há tempo. Não faz mal, meu jovem — disse pondo a mão na bainha como se fosse pegar o objeto de volta. — Foi um erro achar que...

— Eu fico com ela! — declarou Eadric. — Emma, será que posso pegar algumas moedas emprestadas...

— Aqui — falei, entregando-lhe o saco que Fê tinha me dado.

— Você quer mesmo comprar uma espada sem nem mesmo olhar?

Eadric chegou mais perto e sussurrou no meu ouvido:

— Não tenho opção. Onde mais vou conseguir uma espada mágica cantante? Aí está, meu bom homem — disse ele, contando as moedas na mão do vendedor.

— Não sei não... — falei, enquanto Eadric enfiava a bainha com a espada embaixo do braço.

— Deixe a preocupação por minha conta. Você nunca comprou uma espada.

Ri e balancei a cabeça.

— Eu nunca comprei nada sem olhar antes, mas, afinal de contas, não sou eu que vou usar.

Dezesseis

Quando chegamos ao castelo a primeira coisa que fiz foi perguntar a Fê sobre Gramina. Ela ainda não tinha voltado, mas eu não podia fazer nada a respeito, a não ser continuar procurando os outros itens. Restando apenas mais um dia, estava começando a ficar desesperada: os dois itens que ainda precisávamos conseguir pareciam os mais difíceis. Tentei não pensar no que aconteceria se não pudéssemos encontrá-los.

Exausta, desci devagar a escada e fiquei surpresa ao ver como o castelo estava silencioso. Eadric correu na frente e já estava voltando com a comida antes mesmo de eu passar pela porta da cozinha. Mamãe entrou enquanto eu estava procurando um prato. Ao ver minha bainha suja de pó, perguntou:

— Aonde você foi desta vez?

— Ao mercado mágico — falei sem pensar.

— É mesmo? — Os olhos dela se estreitaram até virar fendas.

— Você está treinando magia, não é? Eu sabia que era apenas questão de tempo.

Percebi meu erro, mas era muito tarde. Já havia falado demais.

— Aprendi algumas coisas — falei, olhando-a cautelosamente.

— Há anos venho dizendo que não deve se envolver com magia! — disse mamãe, com a voz ficando esganiçada. — Você nunca ouve, não é? Era para o seu bem! Eu estava tentando impedir que seu coração se partisse. Acho que você já espera ser a próxima Bruxa Verde. Bom, isso nunca vai acontecer. Você não é inteligente o bastante, e é tão desajeitada que provavelmente vai derramar os ingredientes errados nas suas poções. Você simplesmente não leva jeito.

— Eu só comecei.

— Esse é um momento terrível para fazer isso. Nosso reino está em guerra. Por sua causa, devo acrescentar. E Gramina partiu, ninguém sabe para onde. — Mamãe suspirou. — Seu pai e eu esperávamos que você não tivesse o dom. A capacidade de usar magia pode arruinar a vida de uma mulher. O príncipe Eadric sabe que você está envolvida na prática de magia?

— Ele sabe tudo.

— E continua sério nas intenções?

— Sim, mamãe, continua. Ele sabia do meu interesse por magia antes mesmo de falar em casamento.

— Extraordinário! Poucos homens querem se casar com uma bruxa, seja ela princesa ou não. Imagino que ainda não aceitou a proposta dele.

— Ainda não.

— Aceite antes de fazer alguma coisa estúpida e apavorá-lo. Os homens não esperam para sempre! Agora diga: conseguiu as coisas de que Gramina precisa?

— Temos duas, mas ainda precisamos achar mais duas.

— É melhor andar depressa. Nós precisamos tê-la de volta, concentrando-se no trabalho agora! Seu pai levou o exército para a fronteira. Nossos informantes dizem que o exército de Beltran passou pelas Colinas Carmim e vão chegar à fronteira amanhã à noite. O mago cavalga com ele, por isso conseguiram passar pelos trolls e pelas colinas tão rapidamente.

— Gramina sabe quem é o mago. Ela não acha que ele seja problema.

— Talvez não para a velha Gramina, mas não sei o que ela é capaz de enfrentar, pelo modo como está agindo agora. Mesmo na melhor situação, o amor e a magia nem sempre se misturam bem, coisa que você deve lembrar.

Virando-se abruptamente, mamãe saiu da cozinha, me deixando ainda mais preocupada do que antes.

Subi a escada para me juntar a Eadric na sala de Gramina, onde ficamos sentados diante da lareira enquanto Fê nos enchia de perguntas sobre a excursão. Quando ficou sem mais perguntas, eu mal conseguia manter os olhos abertos.

— É melhor dormirmos um pouco — sugeriu Eadric quando bocejei. — Amanhã será outro dia movimentado.

— Antes de irmos, preciso falar que eu conversei com mamãe. Ela disse que papai está guiando o exército para a fronteira. Beltran está a apenas um dia de marcha de lá, e mamãe se preocupa com a hipótese de Gramina não voltar a tempo de ajudar. Eu só queria ser capaz de fazer alguma coisa.

— Você está fazendo alguma coisa, está ajudando sua tia para que *ela* possa ajudar seu pai quando voltar. Você não pode fazer tudo.

— Parece que nem essa tarefa eu consigo fazer direito. Ainda não achamos o bafo de dragão nem a pena, e o tempo está acabando.

— Tenho certeza que vamos achar.

De repente ouvi um som de palha roçando em pedra, e uma figura com manto preto atravessou rapidamente a janela, montada numa vassoura. No meio da sala vovó puxou o cabo da vassoura e parou no ar. Desmontou com um grunhido e se virou para olhar ao redor. Amedrontada com a chegada súbita de vovó, Fê correu pela mesa e se escondeu atrás do buquê de flores cristalinas.

Vovó fez um muxoxo para nós quando não viu imediatamente o que queria.

— Onde está meu baú velho? — perguntou irritada.

— Que baú velho? — perguntei, pensando que poderia haver mais de um.

— Não seja boba! O baú que eu dei para aquela chorona da Gramina.

— No depósito. — Apontei para a porta e teria aberto para ela, mas vovó foi andando depressa, empurrou a porta e desapareceu lá dentro.

— O que está havendo? — perguntou Eadric.

— Não sei, mas acho melhor descobrir. — Sinalizando para Eadric ficar onde estava, fui atrás de vovó e a encontrei agachada no chão perto do baú, batendo os vidros uns contra os outros. — O que a senhora está procurando? — perguntei, tentando ver por cima de seus ombros curvos.

— Aqui está — grasnou ela, segurando o maço de bigodes de lobisomem. — Os lobisomens têm um faro excelente. Agora aquele velho charlatão do Velgordo não tem chance! — Levantando-se, ela fechou a tampa com estrondo. Encolhi-me, sem saber o que aconteceria se os vidros se quebrassem. — E você? — perguntou vovó, inclinando-se para me olhar nos olhos. — Andou treinando magia?

Dei um passo atrás.

— Sim, andei. E acho que estou melhorando.

— Bom — rosnou ela. — Continue assim. É a coisa mais importante que uma garota na sua idade pode fazer. — Passando por mim, vovó retornou à sala. — E onde está Gramina, a minha filha imprestável? Preciso acertar umas coisas com aquela desmiolada.

Dei de ombros.

— Não sei.

— *Não sei* — disse ela me imitando num falsete agudo. — Bem, alguém tem de saber, e se eu não ouvir num minuto... Espere, deixe-me adivinhar. Ela está procurando aquele imbecil do Hubert, não é? Mas isso não vai adiantar nada. Na verdade, acho que vou esperar bem aqui, e quando ela chegar em casa vou...

— Você não vai fazer isso — disse uma voz masculina e profunda. Estremeci quando a temperatura da sala caiu.

O rosto de Eadric empalideceu enquanto ele olhava o brilho azul que tomava forma perto da porta.

— Isso é um fantasma? — perguntou, com a voz transformada num sussurro débil.

— É o meu avô, o rei Aldrid — falei. Eu estava surpresa ao vê-lo fora da masmorra.

— Você não perturbou essas pobres crianças o bastante, Olivene? — perguntou vovô, parecendo um pouco mais firme.

— Eu pude ouvir lá da masmorra. Você não tem o direito de estar aqui, incomodando Emma e os amigos dela.

— E quem vai me obrigar a ir embora? — perguntou vovó.

— Eu, se for preciso. — Ainda que pudéssemos ver através dele, vovô pareceu ficar maior e mais ameaçador.

— Você não pode fazer nada comigo, seu velho idiota e fraco! Eu tenho mais poder no dedinho do pé do que você jamais terá, fantasma ou não!

— Talvez, mas eu sei mais a seu respeito do que você mesma. Porque enquanto você viveu neste castelo eu acompanhei tudo que você fez, mesmo depois de estar morto. Se não partir imediatamente, eu conto a todo mundo sua receita secreta para o cozido das bruxas, do tipo potente que era usado nos feitiços mais poderosos.

— Você não ousaria! — guinchou vovó, levantando os braços como se quisesse mantê-lo a distância. — Sabe quantos anos eu demorei para chegar àquela fórmula?

— Sete, acho. De modo que é melhor sair antes que eu entregue tudo. Lábios de lagarto e nariz de...

— Certo, estou indo! Mas Gramina vai lamentar o dia em que transformar Haroldo de volta em humano. Aquela garota devia ter aprendido a ouvir a mãe!

— O nome dele é Haywood — disse vovô, enquanto vovó estendia a mão e pegava a vassoura, que foi voando em sua direção.

— Para mim poderia ser Huckleberry — gritou vovó, pulando na vassoura. Com um grito de fúria, disparou pela janela e foi embora.

— Obrigada por ter vindo, vovô — falei.

— O prazer foi meu, Emma. Se eu puder ajudar em alguma coisa, não deixe de pedir. Não estou preso àquela masmorra velha, como alguns dos fantasmas. Agora vá descansar um pouco, querida. Você parece a ponto de dormir em pé.

De fato, minha cabeça mal tocou o travesseiro e eu já estava dormindo. Mesmo assim acordei antes da hora normal e me vesti depressa, ansiosa por agir. Era sexta-feira, e só tínhamos metade de um dia para achar o bafo de dragão e a pena.

Quando cheguei aos aposentos de Gramina, Eadric estava tirando a espada nova da bainha pela primeira vez. E aquela espada não cantava como as outras.

> Por que fui feito como espada?
> Por que não uma pena de escrever?
> Prefiro a palavra grafada.
> Não gosto de combater.
>
> Lutar fere amigos e inimigos,
> Só traz sofrimento ruim.
> Se pudesse, eu pararia agora
> Jamais lutaria, numa paz sem fim.

Eadric fez uma careta. Eu só podia imaginar como ele se sentiu desapontado ao ouvir a canção da espada.

— Diga qualquer coisa — falou ele com os dentes trincados —, menos "eu avisei".

— Não preciso dizer, não é? Esta deve ser uma espada com nome. Por que não pergunta o nome dela?

Eadric fungou.

— Falar com ela? É uma espada, e não uma pessoa!

— É uma espada encantada. Você pode ao menos tentar.

— Eu falo! — disse Fê, pulando sem parar. — Espada, diga o seu nome!

Uma luz tremeluziu na lâmina da espada, mas ela permaneceu em silêncio.

— Não se preocupe, Fê — disse eu. — Acho que Eadric é que tem de fazer isso. A espada é dele desde o momento em que ele a retirou da bainha.

— Se isso significar que vocês vão me deixar em paz... Espada, qual é o seu nome?

A luz relampejou na lâmina quando ela começou a cantar.

Meu nome é Frederico.
Mas de Fred pode me chamar.
Disseram que eu canto demais,
Que gosto de tagarelar.

— O nome da minha espada é *Fred*? Que tipo de nome é esse para uma espada?

— Acho um nome legal — disse Fê. — É bem amigável.

— O nome de uma espada não deve ser amigável! Deve ser elegante e poderoso, um nome forte para uma arma forte!

Fê balançou as asas.

— Mas é exatamente isso. Não acho que ele queira ser uma arma.

— Fantástico! Eu estou para enfrentar dragões com uma espada que não quer ser espada.

— Enfrentar dragões? — perguntou Fê.

— Temos de conseguir o bafo de dragão, lembra? — disse eu. — Como não podemos pedir sugestões a Gramina, precisamos procurar no único local em que sabemos que vamos achar dragões. Vimos um na floresta encantada quando éramos sapos, e pelos sinais que eles deixaram parecia provável que houvesse outros. Gramina tem algum frasco que a gente possa usar para pegar o bafo do dragão? Ajudaria se a gente pudesse fazer isso enquanto o dragão estivesse dormindo, de modo que também vamos precisar de uma poção do sono.

— Talvez eu tenha uma coisa que sirva. Minha nossa, Gramina não vai gostar disso nem um pouco. — Fê ainda murmurava baixinho enquanto ia voando até o depósito de minha tia.

— Antes de irmos, temos de colocar os feijões mágicos no baú de prata — falei, estendendo a mão para Eadric. — Você está com eles?

— Claro. — Eadric enfiou a mão na bolsa presa ao cinto. — Mas o gosto era estranho.

Não pude acreditar em meus ouvidos.

— Você comeu?

— Só a parte de dentro. Nós só precisamos da casca, lembra?

— Mas são feijões mágicos. Você não tem idéia do que eles podem fazer!

O rosto de Eadric ficou vermelho e ele desviou o olhar.

— Na verdade, tenho. Eles me deram dor de barriga logo depois que comi, mas a dor passou quando os gases começaram. É meio embaraçoso falar nisso.

— Quando vai aprender que não se pode comer certas coisas?

— Vou ficar bem quando superar esse problereminha. Você se preocupa demais.

— Um de nós tem de se preocupar, porque você não se preocupa o bastante!

Dezessete

O cavalo de Eadric, País Luminoso, ficou feliz em nos levar até a floresta encantada. Era um corcel bonito, tinha graça e velocidade dignas de um príncipe. A crina e a cauda voavam como estandartes de prata enquanto galopávamos pela estrada de terra que ia do castelo ao povoado, virando na direção das árvores antigas assim que pudemos.

Apesar de ser o meio da manhã quando entramos na floresta, embaixo das copas parecia o crepúsculo. As árvores eram tão próximas que pouca luz do sol chegava ao chão. Tínhamos passado pela floresta havia apenas alguns dias, mas na época éramos sapos e fomos quase totalmente ignorados pelas criaturas mágicas. Agora era diferente, e ambos podíamos sentir isso. Desta vez a floresta tinha tanta consciência de nós quanto nós tínhamos consciência dela.

Enquanto País Luminoso escolhia o caminho sobre raízes emaranhadas, eu olhava ao redor, meio esperando ver a mão de uma ninfa nos chamando, o olhar vigilante de um sátiro ou o brilho das luzes das fadas. Em vez disso, vi raízes se curvando acima do chão, juntando duas árvores enquanto os galhos se dobravam e abriam caminho uns para os outros. O único som era um sussurro prolongado e o estalo dos membros se mexendo.

— Você viu aquilo? — sussurrou Eadric, com os lábios tão perto que seu hálito fez cócegas na minha orelha.

— As árvores se mexeram mesmo, não foi? Olhe — falei, apontando para a esquerda. — Aquelas também estão fazendo isso.

Duas árvores enormes se arrastavam pelo chão, deixando um espaço estreito demais para a passagem de um cavalo. Os troncos em movimento tinham casca grossa e manchada de verde, galhos que pareciam chicotes e folhas em forma de uma palma da mão. Eu não me lembrava de ter visto árvores assim antes. Enquanto olhávamos, outras árvores começaram a se mexer, bloqueando nosso caminho para dentro da floresta. Virei-me para olhar atrás. O único caminho ainda aberto levava de volta à estrada.

Puxando as rédeas, Eadric deu um tapinha no pescoço do cavalo.

— É melhor pararmos aqui. Não acho que Luminoso possa nos levar mais longe.

— Posso, sim — disse País Luminoso. — Posso achar um caminho em volta...

— E as árvores vão se mexer de novo — interrompeu Eadric. — Desculpe, Luminoso, mas você precisa ir para casa. Provavelmente é melhor assim. Eu tenho de viajar pela floresta sem atrair atenção, e você é grande demais para isso. Nós estamos procurando dragões, mas eles não são as únicas feras que vivem aqui. A floresta é ainda mais perigosa do que nós tínhamos pensado. Emma também deve ir. Luminoso, quero que você a leve...

— Que história é essa de me levar? Eu vou junto, e você não pode me impedir! — Desvencilhando-me dos braços de Eadric, deslizei da garupa de País Luminoso e caí de joelhos. Eadric veio atrás, saltando no chão com a agilidade resultante da prática, enquanto eu ficava de pé e o encarava furiosa. — Você precisa de mim e de minha magia para ajudar a conseguir o bafo de dragão.

— Emma, não vou levar você. Não quero vê-la se machucar. Estive pensando nos dragões, e quando achar um não quero você por perto. Já lutei com dragões antes, e você, não. Eu sei como é perigoso.

— Mas não estamos aqui para lutar com dragões!

— O que não significa que não vá acontecer.

— Entendo, mas olhe... — falei, enfiando a mão na bolsa. — Fê achou esta poção do sono. — Balancei o vidrinho com líquido azul que Fê havia me entregado. — E ela me deu um frasco para recolher o bafo de dragão. Você não precisa se preocupar. Eu fico fora do caminho se houver luta, mas vou fazer o máximo possível para que você não tenha de lutar com ninguém. Matar um dragão não vai fazer com que a gente consiga o bafo dele, mas a magia pode fazer. Sei que minha magia não é perfeita, mas é só isso que temos. Não quero perder você, assim como você não quer me perder.

Eadric riu.

— Então, que tal aquele beijo que você me deve?

— Que beijo? Eu não devo beijo nenhum.

— Claro que deve. Combinamos de ficar noivos, não foi? Para mim, você sempre me deve um beijo.

Os lábios de Eadric mal haviam roçado nos meus quando o hálito quente do cavalo agitou meu cabelo.

— Vou levá-la para casa ou não, alteza?

— Acho que ela vai ficar comigo, Luminoso. Você terá de voltar ao castelo sozinho.

Ficamos olhando até País Luminoso ter dado a volta e passado pelas árvores mais ameaçadoras. Com a cabeça mais baixa do que os jarretes, o cavalo era a própria imagem da frustração.

— Ele vai ficar bem — falei, apertando a mão de Eadric.

Assim que o cavalo desapareceu, Eadric e eu nos esprememos por entre troncos, passamos por cima de raízes, correndo quando as árvores começaram a se mexer de novo. Quando finalmente chegamos a uma parte mais natural da floresta, que parecia enraizada com mais firmeza, relaxei. Uma sombra trêmula me fez correr para alcançar Eadric.

Eadric mantinha a mão no punho de Fred. Eu sabia que ele não ousaria tirar a espada da bainha enquanto não precisasse, já que a arma cantaria e atrairia mais atenção não desejada.

— Procure algum sinal de dragão — disse ele. — Casca de árvore queimada, folhas marrons e enroladas por causa do calor intenso, marcas de garras... coisas assim.

Ao olhar eu tentava pensar em possíveis feitiços rápidos e fáceis que funcionassem contra qualquer atacante, mas era difícil me concentrar em feitiços enquanto procurava sinais de dragão naquele ambiente escuro. Estava examinando um trecho suspeito de uma árvore quando ouvi Eadric falar:

— O que temos aqui? — De repente ele deu dois passos para a frente e pulou numa vala que eu nem tinha notado. Com quase três metros de largura, parecia ter cerca de um metro de profundidade. — Fique aí! — disse ele, levantando a mão quando arrepanhei as saias para ir atrás.

Olhei dentro da vala, tentando ver o que poderia tê-la criado. Era razoavelmente uniforme na largura e se estendia nas duas direções até onde a vista alcançava, mas não dava para ver qualquer sinal de sua origem.

— O que é isso? — perguntei.

— Não sei direito, mas acho que pode ser...

Ouvimos ao mesmo tempo o som de passos se aproximando. Mesmo a distância eles faziam o chão tremer.

— Gigantes! — dissemos em uníssono, entendendo agora o que tinha gerado a vala.

O tremor fez as árvores estremecerem e deslocou torrões de terra das laterais da vala, caindo em cima de Eadric enquanto eu estendia a mão para ajudá-lo a subir. Ele agarrou minha mão e eu me inclinei para o outro lado, caindo de costas quando ele pulou. Eadric me levantou no colo e começou a correr. Eu lutei para ficar no chão, mas ele se recusou a me soltar.

— Você não pode correr tão rápido quanto eu, pelo menos vestida com uma saia comprida — disse ele, bufando no meu ouvido enquanto me levava mais para dentro da floresta. Eu estava usando meu velho vestido verde, mais leve do que alguns que eu possuía, mas mesmo assim o tecido atrapalhava minhas pernas.

Ficamos agachados atrás de uma árvore de tronco grosso e cobrimos os ouvidos. O chão latejava sob nós, e tínhamos de lutar para manter o equilíbrio. Espiando por entre os troncos, vimos enormes figuras sombrias passando em fila através da vala. Apesar de não vermos muito mais do que suas pernas e os pés, isso bastava para mostrar que qualquer um dos gigantes poderia ter nos esmagado sem sequer notar.

Ficamos onde estávamos, com cãibra nos músculos, até que o último gigante finalmente se afastou e o chão parou de tremer. Ainda que o castelo de meus pais ficasse a apenas alguns quilômetros, eu nunca soubera da presença de tantos gigantes na floresta encantada. Morria de medo pensando no que mais poderíamos encontrar.

Alguns metros depois da vala dos gigantes vi uma árvore chamuscada. A casca estava preta, bem como o chão em volta. Eadric achou outra a pouca distância. O tronco queimado ainda estava quente; o dragão ainda devia estar por perto. Estávamos tentando decidir para que lado ele teria ido quando ouvimos uma voz gritando por socorro.

— O dragão pegou alguém! — falei.

Com a mão no punho de Fred, Eadric disparou por entre as árvores, saltando sobre troncos caídos, enquanto eu ia atrás o mais rápido que podia. O som dos passos de Eadric me guiou até parar de repente, e eu ouvi um palavrão abafado.

— O que foi? — falei, correndo para alcançá-lo.

— Não chegue mais perto! — gritou Eadric.

Não parei completamente, só diminuí o passo enquanto examinava as árvores adiante. Fiquei surpresa ao encontrar Eadric parado no meio de um passo, com um dos braços erguido diante do rosto.

— O que há de errado? — perguntei. E então vi.

Uma enorme teia brilhava entre duas árvores, prendendo tudo que tentasse passar. Mais alta do que a cabana de vovó e mais larga do que três dos mais imponentes cavaleiros de meu pai parados com os braços abertos, a teia era difícil de ver, a não ser que uma brisa a fizesse se movimentar e a luz incidisse sobre ela.

Um corvo aprisionado batia as asas debilmente no topo da teia, com os olhos pequenos fixos em mim.

— Voem enquanto ainda podem! — disse ele com sua voz áspera.

Eadric fora apanhado na extremidade mais próxima de onde eu estava, com o braço esquerdo imobilizado, com se quisesse evitar um soco. A pouco mais de um metro havia um esquilo voador suspenso, com os membros abertos para voar. Tremendo incontrolavelmente, ele gemia de dar pena. Mas a maior surpresa era a criatura presa na outra extremidade da teia. Era um jovem dragão, do tamanho de um cachorro grande. Com um belo tom de azul, era coberto de escamas sobrepostas e tinha uma crista que ia da nuca até a ponta da cauda comprida. As duas asas que brotavam entre as omoplatas do dragão batiam no ar, mas estavam emaranhadas demais para libertá-lo da teia.

— Fique onde está — disse Eadric para mim. Com um sussurro de metal contra metal, ele tirou Fred da bainha. A espada começou a cantar imediatamente.

Por que fui feito como espada?
Por que não como...

— Fique quieto! — disse Eadric, sacudindo a espada. — Não precisamos dizer a toda a floresta quem nós somos.

Como se já não tivéssemos contado, pensei.

Fred aceitou a dica. Parou de cantar abruptamente e começou a cantarolar baixinho. Era ligeiramente desafinado, mas pelo menos não cantava tão alto.

— *Mmm hmm hmm hmmm hmm hmm...*

Recuando a mão com a espada cantarolante, Eadric golpeou a teia, cortando facilmente os fios. Outro golpe e seu braço esquerdo estava livre, ainda que pedaços de seda de aranha ainda estivessem grudados à manga. Eadric deu um passo atrás e acertou a teia de novo, libertando o esquilo e o corvo antes de ir até o pequeno dragão.

O dragão gritou quando o viu se aproximar com a espada erguida. Enchendo o peito, ele abriu a boca e tentou incendiar

Eadric, mas a criatura era jovem e não possuía a força que teria quando adulto. O débil fio de fumaça se dispersou no ar, levado por uma brisa leve.

Enquanto olhava Eadric cortar o resto da teia em volta do dragão que lutava, percebi um movimento com o canto do olho. Virei a cabeça e fiquei boquiaberta. Era uma aranha preta gigantesca, com as costas chegando à altura dos meus ombros, as pernas mais compridas do que as de um homem adulto.

— Cuidado! — gritei, enquanto a aranha saltava para a frente, com as presas se chocando.

Eadric girou. Com um grito furioso, lançou-se contra a criatura, golpeando de um lado e de outro enquanto a aranha dançava, recuando e evitando a lâmina.

— Ladrão! Patife! — gritou a aranha. — Espere só até eu pegá-lo! Vou enrolar você em seda, arrancar sua cabeça e depois sugar os líquidos do seu corpo! — A aranha disparou para a frente, balançando uma perna peluda e derrubando Eadric. Grunhindo, Eadric rolou, ficando de pé com Fred em posição.

Cantarolando cada vez mais alto, Fred irrompeu numa canção enquanto Eadric golpeava o pesadelo vivo:

> Tome isso, monstro do terror.
> Tome isso, fera ruim.
> Não vai machucar meu senhor
> Nem colocá-lo em seu festim.

A aranha tinha pernas longas e força ainda maior. Mantinha os olhos múltiplos fixos em Eadric e tremia de ansiedade. Como se a espada fosse uma extensão de seu braço, Eadric golpeou a aranha, pulando por cima de uma das pernas e partindo outra ao meio.

A aranha gritou, olhando o cotoco do membro cortado.

— Esqueça o que eu disse! — guinchou ela. — Vou sugar os líquidos antes de arrancar sua cabeça! Quero que sinta minhas mandíbulas rasgando sua carne e sua vida se esvaindo.

Livre da teia devido aos esforços de Eadric, o pequeno dragão se aproveitou da briga para fugir pela floresta, correndo com o passo desajeitado de um cachorrinho. Fiquei olhando-o ir, o que foi um erro, já que deveria estar observando a batalha. De repente a aranha estava levando Eadric na minha direção.

Eadric já havia cortado duas pernas da aranha. Quando cortou uma terceira, a aranha diminuiu a velocidade mas continuou vindo para ele num passo constante. Jogada de lado por Fred, a terceira perna voou na minha direção como uma lança, cravando-se no chão ao lado. Gritei e tentei correr, mas tropecei quando meus pés se embolaram na saia. Balançando os braços, caí de cabeça num trecho de cogumelos bufa-de-lobo, esmagando-os de modo que os esporos subiram como uma nuvem de poeira ao meu redor.

Tomada de surpresa, a coceira foi maior do que eu podia suportar.

— A... a... A-tchim!

E num instante eu era uma sapa de novo. Horrorizada demais para me mexer, ainda estava esparramada no chão da floresta quando Eadric esbarrou em mim. Ele também era um sapo, claro, mas pior, não tinha mais Fred.

— O que você fez? Eu perdi Fred! Precisava daquela espada para nos defender!

— Não consegui evitar! — gemi. — Eu não espirrei de propósito!

Enquanto a aranha olhava em volta, confusa, pulamos para baixo de uma enorme samambaia, esperando que o monstro passasse por nós. Um galho seco estalou. De repente a samambaia estremeceu e sumiu, arrancada do chão.

— Aha — disse a aranha, erguendo-se acima de nós, com os olhos múltiplos brilhando de malícia. — Achei que tinha visto você entrar aí!

— Pule! — gritou Eadric.

Pulamos em frente, direto para baixo da barriga da aranha, enquanto as pernas peludas se moviam em volta de nós. Um líquido azul-escuro e de cheiro fétido pingava de um ferimento embaixo do monstro, e demoramos um ou dois segundos a mais para pular em volta da poça. A aranha cambaleou enquanto se virava para nos seguir, gritando em notas esganiçadas que faziam meus tímpanos doerem.

Se tivesse todas as pernas, a aranha poderia ter nos alcançado facilmente, mas seu passo torto a fazia esbarrar nos troncos e tropeçar no chão irregular. Pulamos por cima de galhos caídos, e quando o caminho ficou aberto adiante fomos dando os maiores saltos possíveis. Eadric era melhor saltador e poderia me deixar para trás se quisesse, mas ficou do meu lado, encorajando-me quando comecei a me cansar.

— Gostaria de estar com Fred — disse Eadric, que não parecia nem um pouco sem fôlego. — Estava me acostumando com ele. Ele é uma boa espada.

— Nós vamos voltar... para pegá-lo... quando nos transformarmos... de novo.

A aranha era insistente, permanecendo atrás não importando o quanto nos desviássemos e circulássemos. A intervalos de minutos eu olhava por cima do ombro, esperando não vê-la, mas ela continuava ali. *Se eu pudesse fazer um feitiço*, pensei, mas só me vinham umas rimas usando *aranha* e *apanha*, das quais não gostava nem um pouco.

Quando o chão começou a tremer de novo e eu tropecei e caí, achei que era somente minha velha falta de jeito, mas o chão continuava tremendo quando voltei a ficar de pé. De repente tive uma idéia.

— Vamos para a vala dos gigantes! — gritei para Eadric.

— Está maluca? Aquele é o último lugar aonde a gente deveria ir.

— Exatamente por isso é que vamos.

O chão trêmulo tinha feito a aranha tropeçar também. Quando olhei para trás ela estava cambaleando, gritando tão alto que fez com que eu me encolhesse. Continuei correndo, ricocheteando no chão da floresta, ignorando a dor no lado do corpo e a queimação nos pulmões. Quando finalmente chegamos à vala, outro grupo de gigantes já era visível, andando pelo caminho. Olhei para trás, para me certificar de que a aranha continuava nos seguindo. Nem mesmo a visão dos gigantes se aproximando bastou para amedrontá-la.

— Emma, volte! — gritou Eadric enquanto eu acelerava e passava por ele, mergulhando na vala.

Quando Eadric pulou atrás de mim, eu não soube se ele queria me arrastar para fora ou se tinha entendido o que eu estava planejando e pretendia ajudar, mas de qualquer modo isso bastou para atrair a aranha para dentro da vala. Fui direto na direção dos gigantes que se aproximavam, cujo passo lento e constante cobria mais terreno em alguns minutos do que eu teria levado horas para cobrir em saltos.

— Emma — gritou Eadric, mas eu não tinha tempo para falar. A aranha tinha aprendido a compensar os membros perdidos e começava a ganhar velocidade.

Eu estava pulando o mais rápido que podia quando percebi que, com o próximo passo, o primeiro gigante estaria em cima de nós.

— Agora! — gritei para Eadric.

Girando, retesei os músculos e coloquei toda a força para pular até o outro lado da trincheira. Quando atravessei o ar com as pernas estendidas, quase me senti voando. Tinha avaliado mal a distância e caí na borda, sem fôlego. Usando o resto das forças, arrastei-me para o nível do solo enquanto Eadric voava por cima de mim num arco gracioso.

Olhando de novo para a trincheira, vi que a aranha estava tentando nos seguir, raspando a terra com as pernas que restavam. Com o terreno tremendo violentamente debaixo dos pés, Eadric e eu caímos. A aranha, que tinha subido até a metade da lateral da vala, se saiu ainda pior, rolando junto com os torrões que despencavam e caindo de costas. Num instante o pé de um gigante baixou com um *plaft* ruidoso.

Tentando não chamar atenção, Eadric e eu ficamos onde estávamos até os gigantes passarem. Assim que sumiram, voltamos na ponta dos pés até a beira e olhamos para baixo. A aranha era uma mancha no piso da vala, com as pernas parecendo linhas escuras entranhadas na terra.

— O que fez você pensar em vir aqui? — perguntou Eadric.

— Eu não consegui bolar um feitiço, por isso tentei pensar em como mataria uma aranha lá em casa. Pisar nela pareceu a melhor idéia.

— Bem pensado, a não ser por uma coisa: você poderia ser morta!

— Acho que sim — falei, estremecendo.

— Muito bem! — disse uma voz estranha. — Aquela aranha teve exatamente o que merecia.

Olhei em volta, mas não havia ninguém à vista.

— Quem falou isso? — perguntei.

— Eu sou Ralf — disse a voz, e o dragãozinho esticou a cabeça por trás de um tronco de árvore, com uma violeta esmagada pendurada na boca. — Queria agradecer por vocês terem me ajudado. Se não tivessem aparecido, agora eu provavelmente seria comida de aranha.

Eadric sorriu.

— Foi um prazer ajudar.

Ralf engoliu a flor, bateu as asas e se alçou no ar, criando um pequeno vendaval que chicoteou as folhas das árvores próximas. Eadric e eu tivemos de nos agarrar e nos inclinar contra o vento, para não sermos jogados no chão.

— Eu vi vocês virarem sapos — disse Ralf, pousando ao nosso lado. — Foi incrível! Em que mais vocês podem se transformar?

Tossi e enxuguei os olhos com as costas das mãos.

— Nada. Era só isso.

— Ah — disse Ralf, parecendo desapontado. Então seus olhos brilharam como se tivesse pensado em outra coisa. — Vocês não são sapisomens, são? Eu já ouvi falar em lobisomens, mas nunca ouvi falar em sapisomens.

— Não, só estamos tendo problema com um feitiço. Eu sou Emma, e estou estudando bruxaria. Este é meu amigo Eadric.

— Prazer em conhecê-los — disse Ralf, assentindo para um de nós de cada vez. — Vocês dois foram tremendamente corajosos. Eu quase morri de medo quando fui apanhado naquela teia, mas vocês não se amedrontaram nem um pouco, nem quando a aranha estava perseguindo os dois.

— Talvez a gente não tenha parecido amedrontado, mas eu estava no maior pavor! — respondi. — Pulei o mais rápido que podia, e mesmo assim não parecia bastar.

— Diga uma coisa — pediu o dragãozinho. — Se vocês não são sapisomens, por que estão aqui? Este é um lugar muito perigoso, especialmente para os humanos.

— Estamos procurando umas coisas — disse Eadric. — Um dragão verde e uma pena de cavalo velho. Você não viu nenhum dragão verde por aí?

Ralf franziu a testa.

— Não conheço nenhum dragão verde. Que tal amarelo?

— Tem de ser verde — falei, balançando a cabeça. — Estamos tentando reverter um feitiço. É muito importante.

— Vocês deveriam perguntar ao meu avô. Ele é o rei, por isso conhece todos os dragões. Posso levar vocês até lá, se quiserem.

— Ele não vai querer comer a gente, vai? — perguntei.

— Talvez, se vocês fossem humanos, mas os dragões não comem sapos. De qualquer modo vocês salvaram minha vida e agora são meus amigos, por isso ele vai querer conhecê-los. Pulem em cima.

— Pular em cima de quê? — perguntou Eadric, olhando o dragão como se ele fosse um cavalo.

Ralf se agachou e baixou as asas.

— Nas minhas costas. Vovô mora numa caverna na base das Montanhas Púrpura. É um longo caminho até lá.

Encolhi-me, pensando em minha delicada pele de sapo.

— Não podemos. Suas escamas são ásperas demais.

— Menos na nuca. Há um pequeno espaço na crista, onde vocês vão se encaixar se um ficar sentado atrás do outro. É bem liso, e vocês não vão se machucar.

Nunca tinha ouvido falar em montar num dragão, e depois da experiência com o tapete mágico não sabia se algum de nós dois queria voar de novo, mas só restava um dia e precisávamos do bafo de dragão.

— Eu subo nas costas dele, se você também subir — falei a Eadric, apontando para a asa de Ralf.

Eadric segurou dois calombos no ponto em que os ossos das asas se juntavam e começou a subir.

— E o Fred? Preciso ver se ele está bem.

Fui atrás, olhando onde ele colocava os pés.

— Agora você é sapo. Não poderia levantá-lo mesmo.

Grunhindo, Eadric subiu nas costas de Ralf.

— Então teremos de procurá-lo depois de falar com o avô de Ralf. Você não se importa em me trazer, não é, Ralf? Deixei minha espada perto da teia da aranha.

— Ficarei feliz em ajudar, Eadric.

Segurei sua crista quando o dragãozinho enrijeceu as asas e começou a batê-las. Eadric me envolveu com os braços enquanto sussurrava no meu ouvido, com a voz tão baixa que eu mal podia ouvir junto com o farfalhar das asas do dragão.

— O que você acha do Ralf?

— Gosto dele.

— Eu também. E *nunca* achei que conheceria um dragão de quem eu gostasse. Só queria que não estivéssemos indo encontrar o avô dele, nós somos sapos, e não tenho como proteger você.

— Você não ouviu o que Ralf disse? Os dragões não comem sapos. Vamos ficar bem. Responda uma coisa. O que você diria se alguém falasse há algumas semanas que iria voar num dragão com uma princesa nos braços?

Senti Eadric dar de ombros.

— Eu teria de perguntar o nome dela. Há algumas semanas eu estava procurando uma princesa para beijar. Nunca imaginei que teria a sorte de encontrar você.

Suspirei e me acomodei encostada no peito dele. Para um sapo que podia ser muito cabeça-dura, algumas vezes Eadric conseguia ser extremamente doce.

Dezoito

Até mesmo dragões jovens como Ralf têm asas poderosas que podem levá-los a grandes velocidades. Ainda que as Montanhas Púrpura ficassem a muitos quilômetros da floresta encantada, não demorou muito até que Ralf estivesse seguindo os contornos das colinas e chegando perto das encostas das montanhas.

Virando para um vale cheio de cavernas, de repente ele disparou por uma abertura maior. A caverna se estreitava nos fundos, formando um túnel comprido e de laterais lisas. Era escuro lá dentro, e eu não podia imaginar como Ralf enxergava o bastante para voar. Mas quanto mais fundo íamos, melhor eu entendia por que seu avô morava ali. Grandes trechos de liquens cresciam nas paredes, brilhando como luzes-das-bruxas. Delicadas flores cristalinas brotavam nas paredes e nos pisos. Passamos por cavernas maiores, onde colunas de rochas multicoloridas se erguiam do chão ao teto alto. Vi rocha sólida que parecia água fluindo e claros poços d'água que pareciam sem fundo.

Fazia mais frio do que acima do solo, mas não era desconfortável. Logo depois de termos entrado no primeiro túnel começamos a sentir um cheiro pungente. Quanto mais fundo íamos, mais forte se tornava o cheiro, até que o ar pareceu denso com aquilo. Os túneis se ramificavam ocasionalmente, e algumas passagens emanavam ar quente. Fiquei feliz quando Ralf passou direto por elas.

— Quando chegarmos — sussurrou Eadric —, vou olhar em volta para o caso de termos de sair depressa. Não se pode confiar nos dragões, e talvez tenhamos de escapar se a situação ficar esquisita. O que quer que você faça, não espirre.

Meus dedos estavam ficando entorpecidos de tanto segurar a crista de Ralf, quando finalmente entramos numa câmara maior do que todas as outras.

— Aqui é a sala do tesouro do meu avô — disse o dragãozinho ao pousar no chão. — É onde ele passa a maior parte do tempo.

Imediatamente Eadric desceu enquanto eu me demorava olhando do ponto de vista elevado. Colunas listadas de rosa e branco pareciam sustentar o teto, e cones atarracados que se erguiam do chão brilhavam com a umidade que pingava. Havia todo tipo de objetos amontoados em pilhas que pareciam a ponto de despencar. Alguns, como os enormes montes de pedras preciosas, brilhavam e eram obviamente valiosos. Com relação a outros, eu não tinha tanta certeza, como os sapatos velhos e as pilhas de pergaminho amarelado.

Um murmúrio baixo atravessou a caverna.

— Você deve ficar ali, se bem que talvez seja mais cor-de-rosa do que vermelho. Onde foi que eu coloquei aquele outro? Achei que tinha seis desses.

— Vovô gosta de separar seus tesouros de vários modos. Algumas vezes pelo tamanho, algumas pela forma ou...

— *Quem ousa entrar na minha caverna?* — estrondeou uma voz tão alta que as pilhas tremeram e pequenos objetos caíram no chão fazendo barulho. O que eu achava que era um monte de tesouro dourado não era tesouro nenhum. Era um enorme dragão.

— Sou eu, vovô. O Ralf! Vim visitar o senhor e trouxe dois amigos.

— Ralfinho, meu garoto! Venha cá para que eu possa vê-lo! — disse o avô.

Desejando ter desmontado antes, agarrei-me à crista na nuca de Ralf enquanto ele batia asas e roçava acima do tesouro. Meu coração martelava violentamente; quanto mais perto chegávamos do avô de Ralf, maior ele parecia. O Rei Dragão era a maior criatura que eu já tinha visto. Cada uma de suas escamas era maior do que uma cabeça humana, com cores que iam do amarelo-ouro na garganta até um dourado-vermelho na cauda. A crista nas costas era alta e pontuda, ainda que algumas pontas tivessem se quebrado e outras faltassem totalmente. A idade era evidente pelas cicatrizes nas escamas, pelos pêlos que brotavam nas orelhas compridas e pontudas e pelo modo como as garras eram rombudas devido ao uso.

— Aí está você, meu garoto! — disse o velho dragão, agachando-se para espiar o neto com os olhos míopes. — Mas o que é isso nas suas costas? Não é algum tipo de parasita, é? Ou pegou alguma doença nova? Acho que posso achar meu ungüento especial.

— Não, vovô, esta é minha amiga Emma. Eadric também está por aí. Eles são sapos, vovô, e salvaram minha vida!

Agachei-me o máximo que pude atrás da crista de Ralf, enquanto ele contava ao avô sobre a aranha e nosso resgate. O dragãozinho fez com que parecêssemos maravilhosos, mas eu prendi o fôlego, esperando que ele não mencionasse que na verdade éramos humanos.

O rei estava tão perto que seu hálito quase me jogou longe de Ralf, e o cheiro bastou para fazer meus olhos lacrimejarem. Piscando, ele se abaixou até que seu focinho quase tocasse minha cabeça. Em seguida me farejou e eu pude sentir seu bafo quente secar minha pele. Quando ele se sentou de volta, disse:

— Você está certo. Eles são mesmo sapos. Talvez você e seus amigos queiram me ajudar. Agora estou separando tudo pela cor. Venham ver meus tesouros vermelhos. Só não coma minha rosa, Ralfinho. Sei como gosta de flores, mas aquela rosa é muito especial.

A pilha de tesouros vermelhos não era muito grande, mas era interessante. Uma capinha vermelha, com capuz e acabamento de pele de lobo, estava muito bem dobrada em cima de um monte de rubis brilhantes. Meia dúzia de sapatinhos de dança tremia ao lado de um inquieto tapete mágico, tecido em todos os tons imagináveis de vermelho.

— Muito bonito, vovô — disse Ralf. — Mas Emma e Eadric queriam saber se o senhor conhece algum dragão verde.

— Dragão verde? Por que não disse logo? Claro que eu tenho alguns dragões verdes! Gostariam de ver?

— Sim, por favor — falei, com a voz saindo num leve sussurro.

O dragão velho me dava medo mesmo quando não queria ser amedrontador, mas se ele realmente conhecia um dragão verde e pudesse me levar até ele, nossa busca talvez já estivesse terminada.

Virando o corpo enorme, o rei dos dragões enfiou a mão num monte de esmeraldas.

— Bom, onde foi que eu coloquei? — murmurou sozinho, espalhando as esmeraldas com as garras. Em seguida franziu a vista e baixou a cabeça de modo a estar com o nariz a apenas centímetros da pilha. — Ah, aqui estão! — falou, levantando dois pequenos dragões esculpidos em jade. — É isso que você queria?

— Não — falei, com o desapontamento fazendo a palavra sair com mais força do que eu queria. — Obrigado, mas nós precisamos achar um dragão verde *de verdade*.

O velho dragão bufou e largou as figuras de jade na pilha.

— Por que não disse? Não existem dragões verdes.

— Mas eles têm de ser de verdade! O senhor deve estar enganado.

— Eu nunca me engano, jovem sapa! Os reis nunca se enganam!

Fiquei toda encolhida enquanto as narinas do velho dragão se abriam e saía fumaça da bocarra.

— Desculpe, mas nós temos de achar um dragão verde para quebrar um feitiço. Os feitiços não funcionam se forem impossíveis de quebrar, e esse feitiço já durou anos.

— Mesmo assim, dragões verdes não existem. Os dragões são vermelhos ou azuis, amarelos ou roxos, pretos, prateados ou dourados, mas em todos os meus anos nunca ouvi falar num dragão verde. Agora, se me derem licença, eu estava procurando uma coisa. — O velho dragão se virou, com a cauda derrubando uma pequena montanha de safiras. — Onde foi que coloquei aquele pão-de-ló escarlate? — murmurou.

Ralf se sentou nos calcanhares e ficou olhando o velho dragão se afastar.

— Desculpe se não podemos ajudá-la, Emma.

— Não é sua culpa. Obrigado por tentar. Só que não sei o que vamos fazer agora. Nunca vamos quebrar o feitiço se não pudermos achar um dragão verde, e se não pudermos quebrar o feitiço o reino de Grande Verdor vai ser invadido e talvez eu tenha de me casar com aquele medonho do Jorge.

— Não desista ainda — disse ele. — Por que não olha por aí enquanto eu ajudo o vovô? Nós não precisamos ficar muito tempo, mas ele vai ficar magoado se sairmos depressa demais. — O dragãozinho se agachou para que eu descesse de sua nuca. —. Venha falar comigo se precisar de alguma coisa.

— Eu ia perguntar se o seu avô tinha uma pena de cavalo velho, mas acho que não precisaremos mais dela. Que tal um pouco de água, então? — falei, coçando a pele das costas. — O bafo do seu avô me secou.

— Tenho uma coisa ainda melhor — disse Ralf. Saltando no ar, ele desapareceu atrás das pilhas, voltando um minuto depois. — Experimente isso. É o ungüento que mamãe colocava em mim quando eu era bebê. Os dragõezinhos só têm a pele dura depois de fazer um ano. A pomada impede que eles sejam fritos quando estão perto dos outros dragões.

O ungüento de Ralf era grosso, branco e tinha um certo cheiro de hortelã. Inclinando o frasco nas mãos, Ralf derramou o suficiente para me cobrir com uma camada fina e pegajosa. A sensação era fresca. Quando o passei na pele, senti um frescor no corpo todo.

— Obrigada — falei, desejando que todos os meus problemas pudessem ser resolvidos tão facilmente.

Quando fiquei sozinha comecei a pensar no feitiço de vovó. Se não havia dragões verdes, eles não podiam fazer parte da cura.

Minha avó devia ter nos enganado na ilha, e eu fora idiota a ponto de acreditar nela. Mas ela tinha sido tão convincente!

Eu estava andando por ali, sem olhar nada em particular, quando vi algo se mexer. Vários espelhos, tanto comuns quanto mágicos, tinham sido empilhados uns contra os outros. O espelho mais perto de mim mostrava um camponês gordo ajoelhado perto de uma lareira numa cabana com teto meio caído. E já estava me virando quando percebi que era Velgordo, com o cabelo muito curto e a barba começando a crescer.

— Será que vovó está perto de achá-lo? — murmurei sozinha. A imagem ficou turva, e quando clareou de novo enxerguei Velgordo outra vez. Agora estava de pé e parecia falar com alguém. Mesmo não ouvindo o que ele dizia, pela expressão dava para ver que estava discutindo.

Eu olhava Velgordo gesticular com os braços quando notei que sombras preenchiam o cômodo atrás dele. Fiquei boquiaberta quando as sombras assumiram forma, e reconheci vovó e as outras bruxas da Comunidade do Retiro. O velho se virou de repente, mas as bruxas eram rápidas demais para ele. A mão de vovó relampejou e Velgordo desapareceu. No lugar dele havia um pequeno cachorro marrom, encolhido e com olhos tristes, orelhas caídas e focinho com borda branca.

Dei um pulo quando Eutambém surgiu, o bico encurvado e as garras tentando alcançar vovó. Ela sinalizou de novo e o pássaro desapareceu. Um instante depois o cachorrinho começou a coçar atrás da orelha com um movimento frenético da pata traseira. Aparentemente, ela havia transformado Eutambém numa pulga.

Alguma coisa fez barulho do outro lado dos espelhos e a imagem desapareceu. Seguindo o som de metal, achei Ralf empilhando taças com pedras preciosas engastadas na pilha de ouro, enquanto Eadric olhava boquiaberto um elmo dourado. Pelo modo como sua pele brilhava, dava para ver que Ralf lhe dera o ungüento também.

— Já está pronto para ir? — perguntei.

— Claro — disse o dragãozinho. — Podemos ir agora, se quiserem. Só tenho de dizer adeus ao meu avô. — Pousando a última taça, Ralf foi procurar o Rei Dragão.

— Venha cá — disse Eadric. — Quero mostrar uma coisa. Olhe só a viseira articulada desse elmo. Nunca vi nada igual. Realmente seria ótimo ter isso quando formos caçar o dragão verde.

— Não existem dragões verdes, Eadric. Não ouviu o Rei Dragão falar? E se não há dragões verdes, Olivene não deve ter contado às bruxas a cura verdadeira. Talvez ela estivesse escondendo segredos de Velgordo. Foi tudo perda de tempo. — Chutei um carretel de lã dourada no chão e fiquei olhando-o girar. — É melhor a gente ir para casa e contar a Gramina. Você não acha que haja chance de ela desistir e ajudar meus pais agora, acha?

— Imagino que não. Pelo modo como ela agiu antes, acho que vai desmoronar se achar que não pode ter Haywood de volta. Mas acho que você ainda não deve desistir. As memórias das bruxas velhas pareciam achar possível. Elas não saberiam, se os dragões verdes não fossem reais? E só porque o rei diz que não existem dragões verdes não significa que seja verdade. Ele é meio cego e passa a maior parte do tempo numa caverna. Acho que a gente deveria continuar procurando. Tem de haver pelo menos um dragão verde em algum lugar.

Ralf ainda estava falando com o avô quando nós o achamos.

— Obrigado, vovô. Nós estamos de saída.

— Você é bem-vindo, Ralfinho. Volte quando quiser. — O Rei Dragão deu um sorriso cheio de dentes, mostrando as presas enormes. Encolhi-me, e Eadric passou o braço em volta do meu ombro, de um jeito protetor. O velho dragão baixou a cabeça para nos olhar. Apontando com uma garra cheia de calombos, falou:

— Esses dois deviam estar na minha pilha verde. O que estão fazendo aqui?

— Eles são os meus amigos, vovô. Eles estão comigo!

— Então é melhor levá-los daqui. Logo vou arrumar a pilha verde.

— Vocês ouviram o rei. Subam a bordo. — Ralf se agachou e estendeu a asa. — Há alguém que eu quero que conheçam.

— Outro dragão? — perguntou Eadric, me ajudando a subir nas costas de Ralf.

— Não, mas é amigo do meu avô. O nome dele é Selma, e acho que pode ajudar vocês. Segurem-se firmes! — Ralf abriu as asas. — Lá vamos nós!

Uma corrente de ar aquecido nos acertou enquanto passávamos pelo túnel. Agarrei-me à crista de Ralf com tanta força que minhas mãos doeram.

— Onde mora Selma? — perguntei ao dragãozinho.

— No pico mais alto das Montanhas Púrpura. Ele é um velho legal, só um pouco surdo.

Fechei os olhos e suspirei. Se ao menos pudéssemos ir para casa agora e não tivéssemos de nos preocupar com guerra ou feitiços! Se ao menos eu *soubesse* que nunca precisaria me casar com Jorge!

Dezenove

Quando finalmente saímos do túnel e voamos em espaço aberto, Ralf circulou acima do terreno uma vez, antes de começar uma espiral ascendente.

— Segurem firme! — gritou ele.

O ar tinha sido agradável ao nível do solo, mas quanto mais alto voávamos, mais frio ficava. Apesar de Ralf gerar um bocado de calor, nos mantendo quentes, esse calor não chegava às suas asas, e a neve começou a se acumular, pesando e diminuindo a velocidade do vôo. O que havia começado como alguns flocos pairando se tornou uma nevasca, obscurecendo tudo em volta.

— Estamos quase lá! — gritou Ralf no momento em que eu começava a achar que a gente ia voar para sempre num vácuo branco. — A caverna de Selma fica no topo das montanhas.

Agradeci porque os dragões eram famosos por seu senso de direção.

— Por que alguém quereria morar no topo de uma montanha? — gritei.

— Meu avô disse que Selma se mudou para cá para se afastar das moscas, quando se aposentou. Aqui em cima é frio demais para elas. Lá vamos nós!

Quase caí quando Ralf pousou com uma pancada brusca.

— Segurem-se só mais um pouquinho — disse ele. — Vou entrar, e lá dentro é mais quente.

O dragãozinho segurou uma corda que balançava feito doida ao vento e puxou com toda a força. Espiando através da neve que caía, vi que a corda ia até um buraco pequeno na face rochosa da montanha. Ralf soltou a corda e uma porta se abriu, revelando um buraco do dobro do meu tamanho quando eu era humana.

Alguma coisa se afastou do caminho de Ralf quando ele passou com dificuldade pela abertura, mas não pude ver o que era enquanto meus olhos não se acostumavam. Depois da claridade da neve, o interior da caverna parecia escuro, tornando difícil enxergar. Uma luz fraca entrava por buracos nas paredes, e finalmente o espaço ficou visível. Estávamos numa caverna mais ou menos do tamanho de meu quarto. O piso de pedra era plano, o teto alto demais para ser visto com clareza.

Fiquei espantada quando um velho cavalo de costas arqueadas, usando um grosso cobertor de lã, relinchou e trotou na nossa direção. Era branco, com a parte inferior das patas cinza, e seus cascos esparramados fizeram barulho na pedra quando ele ficou ao vento para empurrar a porta. Assim que a porta se fechou, o velho cavalo se virou e olhou para Ralf.

— Eu conheço você! — disse ele, cutucando Ralf com o focinho. — É o neto do velho Gargarejus Bufantis. O que o trouxe até aqui? Seu avô está bem, não está?

Mordi o lábio e tentei não rir. *Gargarejus Bufantis?*

— Vovô está bem contente — respondeu Ralf balançando as asas para tirar a neve. — Estes são meus amigos Emma e Eadric. Eles querem lhe fazer uma pergunta.

— Seu avô está bem doente? Lamento ouvir isso. Sempre gostei daquele velho lagartão, mesmo que ele tenha um humor parecido com... Deixa pra lá. Você é novo e não deve ouvir esse tipo de palavreado. Então, o que o trouxe até aqui?

Ralf me olhou e revirou os olhos. Então, erguendo-se nas patas traseiras, gritou no ouvido do cavalo:

— Meus amigos Emma e Eadric querem lhe fazer uma pergunta.

— Não precisa gritar! Então, você trouxe seu amigo Emeiedric. É mais um daqueles novos nomes da moda? E quem é o outro amigo?

— O senhor não entendeu. Um dos meus amigos é Emma, e o outro é Eadric.

— Cada um pegou metade do nome, não é? Bem, não faz mal.

O dragãozinho pigarreou, porque sua garganta estava rouca de tanto gritar.

— Estamos procurando uma pena de cavalo. O senhor tem alguma que possa nos dar?

— Uma penca de vassalos? Por que viriam procurar aqui?

— Não, não é vassalo, é cavalo! O senhor tem uma pena velha que possa nos dar?

— Uma fina sela? Por que iriam querer minha sela? E minha sela não é fina nem iria servir em nenhum de vocês, seus pirralhos.

— Eu não quis dizer... — começou Ralf.

— Não entendo o que há de errado com os jovens. Primeiro querem uma coisa, depois outra. Vocês não conseguem se decidir, não é? Bom, no meu tempo a gente sabia exatamente o que queria.

— O cavalo velho bocejou, mostrando o que restava dos dentes amarelos. — Eu já ia tirar um cochilo quando escutei vocês chegando. Vocês não se importam de sair sozinhos, não é? Ultimamente meus velhos ossos precisam de muito descanso.

— Na verdade, nós esperávamos...

— Não se esqueçam de fechar a porta depois de sair — disse Selma trotando para fora do cômodo.

— Desculpe — disse Ralf, virando-se de novo para Eadric e para mim. — Acho que não consigo fazer com que ele entenda.

— Mas nós não precisamos mesmo da pena se não existir um dragão verde. Não podemos reverter o feitiço se faltar um ingrediente. Além disso, por que iríamos procurar uma pena com o Selma? — perguntei. — Acho que a gente deveria voltar. — Eu não conseguia imaginar por que estávamos perdendo tempo ali.

— Eu achei que vocês soubessem — disse Ralf. — O tata-tata-tata-tata-tata-tata-tataravô de Selma era o Pégaso.

— Quer dizer que ele tem asas com penas embaixo daquele cobertor? — perguntei.

— E bem grisalhas.

— Então só precisamos de uma das penas dele! — disse Eadric.

Ralf assentiu.

— Se vocês conseguirem que ele dê.

— A gente não poderia simplesmente pegar? — perguntou Eadric. — Duvido que ele sinta falta.

— Pegar sem pedir? — Ralf pareceu chocado com a idéia.

— Você tentou pedir e viu aonde isso nos deixou.

— Verdade — disse Ralf, inclinando a cabeça de lado como se isso o ajudasse a pensar. — Bom, talvez a gente ache uma solta no chão.

— Mas de que adianta? — perguntei.

— Combinamos que não iríamos desistir por enquanto, lembra? Acho que devemos pegar a pena e depois pensar no dragão verde — disse Eadric.

— Ótimo — falei. — Já que estamos aqui...

Ralf nos carregou até o outro cômodo, onde nos deixou perto da porta. Era pouco mais do que um velho estábulo, com um cocho d'água, um balde de grãos e um suporte para feno. Havia palha limpa cobrindo o chão de pedras, e o ar tinha um cheiro doce e fresco.

— Como um cavalo consegue manter a própria baia tão limpa? — sussurrou Eadric.

— Magia — respondeu Ralf. — Estive aqui com meu avô umas duas vezes, e esta caverna é sempre assim.

— Seria bom ter um pouco de magia para o País Luminoso — disse Eadric. — Ele faz uma tremenda bagunça na baia.

Espiei de novo pela porta. Selma estava deitado no meio do cômodo, de lado. Seus olhos estavam fechados e a respiração profunda, calma, revelou que ele estava dormindo. Eadric e eu ficamos de olho no cavalo velho enquanto pulávamos para dentro do cômodo.

A palha dura incomodava a planta dos meus pés. Mas Eadric não parecia notar e pulou até o lado de Selma. O cobertor estava frouxo em volta da barriga do cavalo, por isso foi fácil Eadric enfiar a mão embaixo e tatear procurando uma pena solta.

Fiquei olhando-o por um momento, depois decidi que era melhor ajudar. Estava examinando o chão, preparando o próximo passo cauteloso, quando vi uma coisa cinza parcialmente enterrada na palha cor de ouro. Esticando o braço, puxei uma pena comprida e fina. Fiquei empolgada com a descoberta e sussurrei: "Eadric!" mas ele não ouviu.

Dei outro passo, balançando a pena como uma bandeira. Sem se virar, Eadric falou:

— Não consigo alcançar as penas daqui. — Depois levantou a ponta do cobertor e entrou embaixo. Eu podia vê-lo se mexendo sob o cobertor, um calombo do tamanho de um sapo se arrastando pela lateral do cavalo como uma toupeira se enterrando no jardim.

— Eadric — falei, dando um pulo mais para perto.

— Não estou achando nenhuma solta — disse ele numa voz abafada. — Vou arrancar uma dessas.

— Não, Eadric, eu achei...

O calombo sob o cobertor se sacudiu e Selma fungou, abrindo parcialmente os olhos. Em seguida balançou o rabo, chicoteando os quartos e por pouco deixando de acertar o calombo que era Eadric. Levantando a cabeça, Selma olhou em volta, remelento. Quando não viu nada, murmurou:

— Porcaria de moscas. — Em seguida baixou a cabeça e voltou a dormir. O calombo se mexeu de novo, e eu prendi o fôlego até Eadric conseguir sair do cobertor.

Com um sorriso enorme, ele saltou até onde eu estava, segurando sua pena no alto. Parou ao ver a minha. Seu riso desapareceu.

— Fantástico — falei, desejando recolocar o riso em seu rosto.

— Vamos ficar com minha pena também, para o caso de precisarmos de mais de uma.

Quando finalmente partimos, sentando em cima das penas para não perdê-las, o vento estava soprando com tanta ferocidade quanto antes. A nevasca era tão forte que eu não conseguia ver a cabeça de Ralf. Confortável com o calor do corpo do dragão, fechei os olhos e relaxei encostada em Eadric. Estava quase dormindo quando ele gritou para Ralf:

— Como foi que o neto de Pégaso arranjou um nome como *Selma*?

— Na verdade, é apelido — disse Ralf. — Mesmo quando era bem pequeno, ele era capaz de voar para todo canto, no céu e no mar. O apelido pegou e...

Sentei-me um pouco mais ereta.

— Quer dizer que o nome dele é *Céu-Mar*?

— Claro. O que vocês acharam que eu disse?

— Você não vai querer saber. — Dei um risinho e fechei os olhos de novo.

— E o seu nome, Ralf? — perguntou Eadric. — Como ganhou um nome desses se o seu avô se chama Gargarejus Bufantis?

— Eu ainda tenho meu nome de bebê, mesmo já não sendo bebê há uns dois anos. Vou escolher meu nome de verdade quando crescer. Quero um nome forte, como meu herói, Corisco Nariz-Vermelho. O nome de minha mãe é Sopra-Chamas, mas todo mundo a chama de Sopraninha. Ela é conhecida pela distância com que consegue cuspir fogo. Meu pai é Ronca-Pança, porque a barriga dele ronca antes de soprar fogo. Ainda não decidi qual vai ser o meu nome.

— Se eu pudesse escolher meu nome, acho que queria que tivesse a ver com bravura — disse Eadric. — O seu poderia ter a ver com magia, Emma.

— Está brincando? Eu provavelmente seria chamada de Dedos Confusos ou Pés Tropeçantes. Mesmo que tivesse a ver com a magia, provavelmente não seria um nome muito elogioso. Minha magia ainda precisa de muito treino.

— Desculpe se não pude arranjar um dragão verde para vocês — disse Ralf. — Tenho uma dívida com vocês por terem me salvado a vida.

Dei um tapinha no ombro do dragão.

— Não se preocupe. Você fez o melhor que pôde, e isso é o máximo que se pode pedir a qualquer pessoa.

Ralf virou a cabeça e me espiou com um dos olhos.

— O que você precisava arranjar com o dragão verde, afinal?

— Não muita coisa — falei. — Só um pouco de bafo.

— Tenho uma idéia. O que acha de irem comigo às Olimpíadas dos Dragões? Minha mãe vai participar da disputa de cuspe de fogo a distância esta noite.

Cocei a cabeça com o dedo do pé.

— Cuspe de fogo a distância? Agradecemos a oferta, mas não parece o tipo de lugar seguro para sapos. A pele dos sapos é meio frágil, e essas chamas...

— Não se preocupe. O ungüento que eu dei a vocês na caverna do meu avô vai proteger.

— É uma oferta fantástica, mas... — disse Eadric.

Ralf parecia muito ansioso.

— Todos os dragões vão estar nas Olimpíadas. Se existir algum verde, ele estará lá.

— Mas o seu avô disse... — comecei.

— Vale tentar, não vale? — perguntou Ralf.

Ele estava certo. Se existisse ao menos a menor possibilidade de conseguirmos o último ingrediente, tínhamos de ir. Já era a tarde de sexta-feira, e precisávamos ter tudo antes do amanhecer do dia seguinte.

— Claro que vamos com você — falei. — Não vamos, Eadric?

Eadric assentiu, mas sua boca estava bem apertada e os olhos pareciam inquietos.

— Obrigado pelo convite, Ralf — disse ele.

Vinte

Gramina tinha me contado sobre os gregos antigos e o gosto que sentiam pelas disputas atléticas, mas eu não podia imaginar como os dragões iriam competir. Fiquei pensando se todas as disputas envolveriam fogo.

Depois de descer voando a encosta da montanha, Ralf nos levou pelo mesmo túnel principal onde havíamos encontrado seu avô, depois virou no primeiro túnel que se bifurcava. O ar quente nos recebeu como uma parede invisível, mas o ungüento nos impedia de sentir muito mais do que uma leve mudança de temperatura. Estava escuro lá dentro, talvez quente demais para o fungo que iluminava as outras cavernas.

Voando através de uma rede de túneis interligados, entramos numa caverna cheia de morcegos e outra que fedia tanto que me deu dor de cabeça. Eadric disse que cheirava a trolls, por isso fiquei feliz por não estarmos a pé. Quando finalmente saímos no último túnel, estávamos numa enorme arena em forma de tigela, sem teto. Com piso plano e altas paredes de rochas, era o local perfeito para um encontro de dragões. Fazia mais calor do que dentro do túnel, e eu pude ver o motivo quando Ralf voou até uma pequena laje para podermos olhar. Um poço de líquido vermelho borbulhava no centro da arena, e o ar acima oscilava devido ao calor que subia.

— O que é isso? — perguntei a Ralf.

O dragãozinho olhou para o poço vermelho.

— Lava. Rocha líquida. Meu pai gosta de nadar nela.

— Ouviu, Eadric? — perguntei, mas ele não estava prestando atenção. Seu rosto tinha ficado de um verde mais pálido, e os olhos pareciam a ponto de pular da cabeça. Segui seu olhar de volta ao piso e entendi por quê. Devia haver pelo menos duas vezes mais dragões do que há pessoas no castelo do meu pai, e mais dragões chegavam o tempo todo.

Examinei os dragões, esperando ver algum verde, mas nenhuma cor ao menos chegava perto. Isso parecia reforçar o que o Rei Dragão tinha dito, mas eu não conseguia afastar as esperanças de que Eadric estivesse certo, de que o velho dragão não sabia tudo, e que um raro dragão verde poderia aparecer.

A princípio achei que os dragões só estavam se reunindo, mas enquanto olhava notei uma lógica em seus movimentos. Enquanto alguns corriam pelo chão com objetivos próprios, a maioria ia na direção das baixas paredes de pedra que definiam os campos de competição. A pouca distância de onde estávamos, atletas corriam num oval enquanto outros dragões assistiam. Um rugido se ergueu quando um dragão amarelo passou por um azul, um som que seria aterrorizante se eu ouvisse em qualquer outro lugar.

Um pouco mais adiante, dragões usando braçadeiras corriam de um lado para o outro entre barracas de cores vivas. Cada barraca tinha tamanho suficiente para pelo menos vinte dragões adultos, se bem que eu não tenha visto mais do que alguns entrando ao mesmo tempo. Não dava para ler os símbolos nos estandartes, por isso não tinha idéia de para que elas serviam, mas, quando vi um dragão ferido ser levado para uma delas, presumi que ali houvesse um médico.

Segurei a crista de Ralf quando um sopro de ar quente quase me derrubou de suas costas. Erguendo os olhos, vi seis dragões perseguindo uns aos outros na arena gigantesca, voando mais rápido do que qualquer pássaro. Uma nuvem cor-de-rosa flutuava acima dos dragões que voavam, distorcendo minha visão das montanhas em volta da arena, fazendo com que parecessem mais próximas, depois mais distantes. Quando um dos corredores soltou chamas, uma pequena nuvem cor-de-rosa se formou no ar acima dele. Um cheiro de repolho cozido pairou, fazendo com que eu me lembrasse do miasma da magia.

— Ralf — disse eu —, alguém usa essa arena quando não estão acontecendo as Olimpíadas?

— Claro. Um monte de dragões vem aqui para treinar. Mamãe vem quase todo dia. É um dos motivos para nós morarmos onde moramos.

Ouvi gritos e olhei para a multidão logo abaixo. Um grupo de gigantes havia chegado, carregando cestos cheios de vagens marrons e pimentas roxas, finas e compridas. Os dragões pareciam ansiosos para chegar aos cestos, seguindo os gigantes até uma laje baixa esculpida na parede mais distante. Quando os gigantes esvaziaram o conteúdo na laje, os dragões se enfileiraram atrás deles e se serviram da comida.

— Aqueles são flamejantes — disse Ralf, apontando para os dragões que comiam. — Estão se enchendo de feijões gunga e pimentas-de-fogo. Essas pimentas são um dos motivos para as

Olimpíadas serem realizadas aqui. Os feijões gunga crescem praticamente em todo lugar, mas as pimentas-de-fogo só brotam em cinzas vulcânicas.

— Por que os flamejantes gostam tanto disso?

— Se você combina uma grande quantidade das duas coisas e mistura com os sucos digestivos dos dragões, consegue as melhores chamas do mundo. Mamãe come isso o tempo todo. Os feijões são gostosos, mas as pimentas são ardidas demais para mim. Olhem, ali está a minha mãe. Vamos descer para eu apresentar vocês.

Dando um passo adiante, Ralf saltou da laje e pairou pela arena, acima da cabeça dos dragões que andavam no chão. Agora havia mais gigantes ali, e Ralf teve de circular em volta deles enquanto tentava manter a mãe à vista. Os gigantes suavam profusamente, e as gotas enormes que brotavam no rosto deles pingavam no chão e em cima de qualquer um que tivesse a infelicidade de estar por perto. Nem os dragões nem os gigantes pareciam se incomodar, ainda que algumas gotas fossem tão grandes quanto o escudo do meu pai.

— De que cor são as escamas da sua mãe? — perguntei a Ralf enquanto nos aproximávamos do grupo de flamejantes.

— Vermelhas. As escamas de meu pai são azuis como as minhas, mas bem mais escuras. Espero que as minhas fiquem escuras como as dele quando eu crescer mais.

— Ei, Ralfinho! — gritou uma voz atrás de nós.

Um enorme dragão azul-escuro, somente um pouco menor do que o Rei Dragão, trotava para nós vindo da direção do poço de lava. Sua cabeça era enorme, os olhos fundos e sombreados por sobrancelhas proeminentes e juntas. Quando abriu a boca para falar, vi uma comprida língua bifurcada e dentes de um branco tão brilhante que não pareciam reais.

— Oi, papai! — disse o dragãozinho. Andando vigorosamente, Ralf caminhou pelo piso de rocha até perto do grande dragão. — Onde está mamãe? Achei que a tinha visto por aqui.

— Ela precisava se preparar. A competição vai começar logo, e sua mãe ficou com medo de você não chegar a tempo, por isso pediu para eu achá-lo. Esses são seus amigos? — Quando o dragão se inclinou para nos olhar melhor, Eadric cravou os dedos nos meus braços.

— São sim — disse Ralf, com um leve orgulho na voz. — A pequenina na frente é Emma. O maior, atrás, é Eadric. Não se preocupe. Eles não mordem.

O pai de Ralf fungou.

— Isso é bom! Acho que não quero conhecer um sapo que morde.

Quando Ronca-Pança pegou o filho e o colocou sobre os ombros, Eadric e eu nos agarramos à crista de Ralf, balançando para trás e para a frente até ficarmos tontos. Abrindo caminho pela multidão, o dragão enorme foi para a área preparada para o concurso de cuspe de fogo a distância. O próximo concorrente, um grande dragão amarelo, estava caminhando pesado até a linha quando nós chegamos. Assentindo para um dragão preto que usava braçadeira, ele inspirou algumas vezes e cuspiu uma chama da metade do tamanho do campo.

— Hum... — disse o pai de Ralf. — Nada mau.

Um murmúrio se ergueu da multidão quando o próximo atleta se adiantou. Era um esguio dragão fêmea, com escamas vermelhas quase chegando ao magenta, e parecia muito feminina, com a cabeça refinada e feições delicadas.

— Aquela é a minha mãe! — disse Ralf.

Eadric se encolheu, encostando a cabeça na minha quando o pai de Ralf levantou a mão e deu um tapinha nas costas do filho.

— Fique quieto, Ralf. Não vá distraí-la.

Quando sua mãe começou uma série de respirações profundas, as asas de Ralf se enrijeceram, e eu pude sentir seus músculos se retesando embaixo de nós.

— Lá vamos nós — sussurrou o pai. — É isso aí, Sopraninha, você consegue!

Inspirando uma última vez, a mãe de Ralf abriu a boca e levantou as asas, balançando-as para trás enquanto uma chama quase tão grande quanto o campo saltou de entre suas mandíbulas escancaradas. A chama era quente, luzindo branca no ponto em que saía da boca, desbotando-se em amarelo e laranja e chegando ao vermelho onde lambia o chão rochoso.

A multidão aplaudiu loucamente enquanto o dragão preto corria até o fim do campo antes que a chama de Sopraninha morresse. O ruído abafou o anúncio da distância, mas era óbvio que ela havia ganhado.

— No ano seguinte terão de aumentar o tamanho do campo só para ela, não é? — gritou um dragão mais velho, com escamas vermelho-ferrugem, no ouvido do pai de Ralf.

— Parece que sim — concordou o gigantesco dragão azul.

— Nenhum cavaleiro teria chance contra ela — sussurrou Eadric no meu ouvido.

Era impossível passar pela multidão, por isso esperamos pela mãe dele na lateral do campo. Ela desapareceu atrás de alguns dos maiores dragões e de repente estava ao nosso lado, estendendo a mão para Ralf.

— Eu sabia que você ia conseguir! — gritou Ralf, lançando-se para a mãe.

— Ralfinho! — disse ela, sentando-se nos calcanhares enquanto o pegava. — O que achou?

— Você foi incrível, mamãe! É a melhor!

A mãe riu e acariciou a crista em cima de sua cabeça. Virando-se para o dragão azul, sorriu.

— E você, Ronquito?

— Você foi fantástica, Lábios Quentes.

Eadric fungou e eu o cutuquei na barriga com o cotovelo. Rir de nossos anfitriões não é boa idéia, especialmente quando são dragões.

— Pessoal — disse Ralf cobrindo os olhos com a asa. — Vocês têm de fazer isso agora? Estão me deixando sem-graça.

A mãe riu e olhou para ele, notando-nos pela primeira vez.

— Vocês devem ser os sapos que estão procurando um dragão verde. Meu pai falou de vocês. Já tiveram sorte?

Eadric balançou a cabeça.

— Até agora, não.

— Por que não vão até ali para dar uma olhada? — sugeriu ela, sinalizando com a ponta da asa para abarcar toda a arena. — Vai demorar um tempo até anunciarem o vencedor. Talvez vocês tenham sorte e achem seu dragão verde.

— Parece divertido! — disse Ralf, retorcendo-se para sair do abraço da mãe. — Podem rugir para mim quando a cerimônia for começar.

Deixando os pais para trás, Ralf voou pela arena, procurando um local para pousar. Enquanto o dragãozinho examinava os campos apinhados, Eadric sussurrou no meu ouvido:

— O que você achou dos pais dele?

— São legais — sussurrei de volta. — Mas acho que não nos levaram muito a sério.

Eadric olhou para um dragão roxo-escuro que passava. Comprido e esguio, tinha uma expressão carrancuda e olhos cautelosos que provavelmente não deixavam escapar muita coisa.

— Não me importo — disse Eadric. — Na verdade, acho melhor assim. Melhor ser ignorado como sapo do que ser comido como humano.

Vinte e um

Havia tanta coisa para ver que não sabíamos para onde olhar primeiro. Times formados por sete dragões faziam seqüências de vôo sincronizado diante de nós. O grupo diretamente acima fez círculos e mergulhos, depois subiu numa espiral gigante. Na descida, todos fizeram parafusos e grudaram as garras para formar uma estrela.

Nunca imaginei que assistir a dragões competindo seria tão divertido. Os gigantes pareciam estar se divertindo também, rindo e falando por cima da cabeça dos dragões. Vi um gigante de barba ruiva apostar, anotando números num pedaço de casca de árvore que provavelmente havia coberto a árvore inteira.

Nem Eadric nem eu tínhamos parado de procurar um dragão verde. Vi um dragão dourado cujas escamas assumiam um tom esverdeado quando a luz batia nele em determinado ângulo, mas Eadric e eu concordamos em que a cor não era suficientemente verde e que ele provavelmente só precisava de um bom polimento. Continuamos a procurar, mas já estava parecendo uma busca inútil. De certa forma, achei que não fazia mal. Agora era uma sapa e não tinha o frasco que Fê havia me dado. Mesmo que achasse um dragão verde, duvidava de que ele esperasse até eu arranjar um frasco. Um dragão azul atarracado estava caminhando por um baixo muro de pedras que separava os torcedores dos atletas, insistindo para que tudo mundo ficasse longe.

— Os dragões que ficam superaquecidos sopram fogo para se esfriar — alertou ele.

— O que vão fazer nessa modalidade? — perguntei a Ralf.

— Eles correm pela arena duas vezes. Depois atravessam nadando o poço e voam duas vezes ao redor. Depois a maioria deles termina no campo de cuspe de chamas, soltando o calor acumulado, mas alguns não conseguem esperar tanto e fazem isso durante a corrida. — O dragãozinho tinha começado a se remexer de novo, mais violentamente do que antes. — Tenho de fazer uma coisa. Esperem aqui, e eu volto em alguns minutos.

— Mas, Ralf — falei, enquanto ele nos tirava com as garras e colocava no chão. Ralf me ignorou. Virando-se, bateu as asas e decolou, indo para o campo de cuspe de chamas.

Eadric e eu esperamos perto da pista, olhando os dragões passarem correndo. Quando os primeiros saíram do poço e decolaram, decidimos que tínhamos dado tempo mais do que suficiente a Ralf.

— Já são mais do que alguns minutos — resmungou Eadric, espiando por entre a floresta de pernas escamosas.

— Talvez ele tenha se perdido.

— Talvez tenha achado alguma coisa melhor para fazer do que passar o tempo com dois sapos.

— Ralf não iria nos abandonar, Eadric. Ele é nosso amigo. Alguma coisa deve ter acontecido. Acho melhor irmos procurar por ele.

— Por onde você propõe que a gente comece?

— Por ali. — Apontei na direção em que Ralf tinha ido.

— Ótimo. Então me siga e fique perto enquanto eu tento impedir que a gente seja esmagado.

Eadric nem sempre acertava, mas eu estava aprendendo a confiar em seu julgamento em determinados assuntos. Ele tinha vivido como sapo por mais tempo do que eu e aprendido todos os truques necessários para sobreviver. Se alguém pudesse me guiar em meio a um rebanho de dragões batendo os pés, era Eadric.

Pulamos ao longo do muro de pedra até que o muro virava numa direção e nós tínhamos de ir na outra. Aventurando-nos em espaço aberto pela primeira vez, eu seguia Eadric, pulando quando ele pulava, esperando quando ele esperava. Estávamos nos aproximando da primeira tenda quando um gigante apareceu, com uma braçada de estacas de barraca. Ao parar para ajustar a carga, ele deixou uma cair e ela tombou com estrondo a pouca distância, lançando uma nuvem de cinzas para o alto. Isso fez alguns dragões tossirem, mas o efeito em mim foi muito pior. Fez com que eu espirrasse.

De repente éramos humanos de novo num lugar onde os humanos definitivamente não eram bem-vindos. Congelei, certa de que tínhamos mais probabilidade de ser vistos se nos mexêssemos, mas Eadric tinha outras idéias.

— Eu estava com medo de que isso acontecesse! — disse ele, agarrando meu braço e me puxando na direção do agrupamento de barracas. — Venha! Temos de sair daqui antes...

— Humanos! — rugiu um dragão baixo e gordo com escamas amarelas e sujas e olhos caídos.

— ...que um dragão nos veja — terminou Eadric, apertando meu braço mais ainda.

Ainda que o dragão amarelo tenha nos visto, parecia ser o único. Os outros estavam olhando em volta, confusos, o que deu a Eadric e a mim a chance de correr para trás da estaca do gigante. Não ajudou muito o fato de que não estávamos mais cobertos com o ungüento de Ralf, e o suor escorria. O calor exigia nossa atenção e esgotava as forças. Cada passo era um esforço, num momento em que a velocidade era nossa única aliada, mas nem mesmo a velocidade bastaria. Nenhum humano pode correr mais rápido do que um dragão. Se não quiséssemos ser assados, a única chance era nos escondermos.

O gigante que tinha largado a estaca ainda estava parado no mesmo lugar, abaixando-se para pegar o pedaço de pau. Não notou Eadric me arrastando para trás de sua mão quando ela se fechou em volta da estaca. Estávamos muito maiores do que quando éramos sapos, mas continuávamos pequenos comparados à maioria dos dragões e minúsculos comparados ao gigante, que poderia ter nos segurado facilmente com a mão.

Eu estava tão apavorada que não conseguia obrigar meus pés a se mover, por isso Eadric teve de me puxar para trás da pilha de cestos dos gigantes para nos esconder dos olhos dos dragões. Usamos como cobertura uma velha barraca dobrada, quando ouvimos as vozes dos dragões ficando mais altas. Rodeando o monte de tecido, vimos que nos encontrávamos a pouca distância das barracas que estavam de pé.

Escutamos vozes dentro da primeira barraca e tivemos de passar direto. A seguinte também estava ocupada, mas a terceira parecia abandonada. Eadric e eu nos enfiamos por baixo do pano que cobria a porta e olhamos em volta. Um banco de pedra tinha sido posto numa das extremidades. Feito de modo grosseiro, parecia suficientemente forte para sustentar qualquer um, até o Rei Dragão. Alguém tinha jogado uma pilha de mantos no canto da tenda, mas eu não podia imaginar por que os dragões precisariam deles. Afora pétalas de flores espalhadas no chão e lampiões pendurados nas estacas, o resto da barraca estava vazio.

Satisfeito por estarmos sozinhos, Eadric enxugou o suor dos olhos.

— Sei que não foi sua culpa ter espirrado, mas você não pode espirrar de novo e nos transformar outra vez? Se esses dragões nos acharem vamos virar carne assada, e eles não vão parar de procurar enquanto não encontrarem.

— Não consigo espirrar de propósito, ninguém consegue. Alguma coisa tem de me *fazer* espirrar. — Com medo de perder o nariz ou fazer alguma coisa igualmente medonha, eu nem pensaria em bolar um feitiço de espirro.

Um gemido abafado veio da pilha de mantos. Eadric e eu giramos a cabeça mas não vimos ninguém lá. Fui andando o mais silenciosamente que pude. Quando escutei o som de novo, era mais um choro do que um gemido. Segurando a adaga com uma das mãos, Eadric chegou primeiro à pilha, jogando para o lado o manto de cima. Ralf estava enrolado como uma bola, com os olhos fechados, as escamas parecendo de um azul doentio.

— Ralf! — disse eu. — Você está bem?

— Não estou legal.

— E não está com aparência legal — disse Eadric. — Está ficando com uma cor esquisita.

— E desde quando você começou a se sentir assim? — perguntei.

— Foi depois que comi o buquê que mamãe ganhou quando venceu.

Não gostei do modo como suas escamas estavam assumindo um tom amarelado, e seus lábios começavam a inchar.

— Bom, vamos fazer o seguinte...

— Afastem-se do meu filho! — rosnou uma voz atrás de mim. Olhei e vi os pais de Ralf passando pela entrada da barraca.

— Papai, é você? — perguntou Ralf. — Não estou me sentindo bem.

— O que vocês fizeram com ele? — perguntou Sopraninha, os olhos chamejando em vermelho enquanto corria para perto de Ralf.

Tentei engolir a saliva, mas minha boca estava seca e a garganta, apertada. Mesmo que pudesse pôr as palavras para fora, não sabia como explicar o que tinha acontecido antes que os dragões me assassem.

Eadric se adiantou, abrigando-me dos dragões com o seu corpo.

— Não se preocupe, eu a protejo — sussurrou ele.

Ronca-Pança rosnou e baixou a cabeça, os olhos estreitados. Um fio de fumaça brotava de suas narinas e o cheiro de repolho cozido ficou mais forte. Engoli em seco quando vi os músculos incharem por baixo das escamas dele. O dragão enorme estava se preparando para atacar.

— Vocês, humanos imundos, não vão se livrar dessa — rosnou ele. — Eu sempre soube que os humanos não eram de confiança. Matam dragões inocentes dormindo nas cavernas, roubam o tesouro deles e os atacam quando estão pegando alimento para a família, mas eu não sabia que eram tão baixos a ponto de ferirem crianças deliberadamente. Quando acabar com vocês, não restarão cinzas suficientes para...

— Papai, não foram eles. Eu comi o buquê de mamãe e comecei a passar mal.

A cabeça do dragão azul-escuro girou para onde seu filhinho estava deitado.

— Quer dizer que os humanos não machucaram você?

— Claro que não. Esses são Emma e Eadric. Eles estão tendo problema com um feitiço.

— Ronquito, olhe para ele — sussurrou Sopraninha. — Está ficando amarelo.

Espiei por trás de Eadric e vi Ralf rapidamente. Agora as escamas do dragãozinho eram de um amarelo pálido, e a ponta do nariz tinha ficado cinza.

— Encontrem aqueles humanos! — gritou uma voz carrancuda de dragão em algum lugar lá fora. — Acabem com eles antes que se multipliquem! Essa coisa é pior do que ratos!

— O que está acontecendo aqui? — disse o Rei Dragão quando enfiou a cabeça pela cortina e entrou trotando na barraca. — Bom, vocês pegaram os humanos. Descobriram como eles entraram aqui?

Sopraninha levantou uma sobrancelha marrom.

— Pela porta, imagino. Ralfinho disse que são ami...

— Olhem só para isso! — interrompeu o pai dela. — Um dragão verde. Então eles existem. Aqueles dois sapos não eram malucos, afinal de contas.

— Papai — disse Sopraninha —, esse é Ralf, o seu neto. Ele está doente.

Espiei de novo por trás de Eadric. As escamas de Ralf tinham ficado de um verde claro, e os lábios inchados tinham um tom de esmeralda profundo.

Uma voz gritou tão alta que devia ter vindo de fora da barraca:

— Vá por ali, Tripa de Trovão, e eu vou por aqui. Eles têm de estar por perto.

— Espere só até eu pôr as garras neles — rosnou outra voz.

— Eles mataram meus pais quando eu era apenas um ovo. Os humanos não merecem viver!

Encolhi-me para longe da lateral da barraca, como se eles pudessem me ver. O chão tremeu enquanto os dragões passavam correndo, e um sopro de cinzas entrou por um pequeno rasgo na parte de baixo.

— Aaaai — gemeu Ralf. — Estou me sentindo péssimo. — As escamas dele estavam ficando de um tom esmeralda mais profundo.

— Belo tom de verde — disse o Rei Dragão.

Ralf abriu um dos olhos e olhou para o pai.

— Eu estou mesmo verde?

Ronca-Pança confirmou com a cabeça.

— Mas tenho certeza que é uma coisa temporária — disse numa voz realmente calorosa. — Você vai voltar a ser azul num instante.

— Preciso bafejar em alguma coisa — disse Ralf, tentando levantar a cabeça.

— O que há de errado, querido? Está com problemas para respirar? — perguntou sua mãe. Ralf gemeu de novo, e a mãe se virou para o marido. — Ronquito, temos de achar o médico. Isso é sério.

— Não, mamãe — sussurrou Ralf. — Eu preciso fazer isso para a Emma.

De repente entendi. Mesmo doente, Ralf pensava em Eadric e em mim, e na nossa busca pelo bafo de dragão. Se ele fizesse o que propunha, teríamos tudo que estávamos procurando, mas mesmo assim...

— Tudo bem, Ralf. Você não precisa fazer isso. Só precisa ficar bom, e acho que sei como ajudar.

Ralf balançou a cabeça.

— Não antes de eu ajudar você. Você tem alguma coisa?

Enfiei a mão na bolsa e peguei o frasco. Tirando a tampa, ajoelhei-me ao lado de Ralf e levei o frasco até seu nariz. Ele soprou algumas vezes, ofegante, enchendo o vidrinho. Depois se recostou com os olhos semicerrados.

— O que você quis dizer quando falou que podia ajudá-lo? — perguntou a mãe de Ralf enquanto eu enfiava a tampa no frasco de novo e o colocava na bolsa.

— Conheço um feitiço para problemas de barriga. Li num livro de magia.

O pai de Ralf fungou.

— Um feitiço! O que você é, algum tipo de bruxa?

— Na verdade, estou estudando para ser bruxa. Só vou experimentar o feitiço se vocês quiserem; fica por conta de vocês.

O velho rei coçou a cabeça com uma garra e pareceu confuso.

— Tem uma coisa que eu deveria contar, algo sobre fumaça de dragão. Está na ponta do cérebro. Se ao menos eu pudesse lembrar!

Ralf gemeu de novo. Segurando a barriga, ele se enrolou numa bola apertada.

— Agora não, papai! — disse Sopra-Chamas. — Se ela pode ajudar o Ralfinho...

— Quer que eu tente? — perguntei. A mãe de Ralf confirmou com a cabeça e o pai do dragãozinho franziu a testa, mas nenhum dos dois foi contra. Apontei o dedo para Ralf, esperando que o feitiço funcionasse tanto em dragões quanto em humanos.
— Aí vai.

> Alivie a barriga que dói,
> Apague o fogo da pança,
> Acalme o estômago que remói,
> Tire a dor dessa criança.

Enquanto eu baixava o dedo, a barraca pareceu latejar com uma luz tão brilhante que eu tive de apertar os olhos e cobri-los com as mãos. Houve um som sibilante como vapor escapando de uma panela no fogo, e Ralf suspirou.

— Foi só isso? — perguntou seu pai. — Eu esperava muito mais.

— Como está se sentindo? — perguntei a Ralf, mas sua cor já estava retornando ao azul normal.

Ralf piscou para mim e sorriu.

— Estou me sentindo melhor, obrigado.

— Desculpe o negócio de apagar o fogo. Fazia parte do feitiço, e eu fiquei com medo de que não funcionasse, se deixasse isso de fora.

— Não faz mal — disse a mãe do dragãozinho. — Desde que meu neném se sinta melhor. De qualquer modo, ele é novo demais para ter fogo de verdade. Quando ficar um pouco mais velho, vou começar a dar feijões gunga e pimentas-de-fogo. Isso vai alimentar o fogo dele.

— Mamãe! Eu não sou mais neném. E você sabe que eu não gosto de pimenta-de-fogo! Você não vai me obrigar a comer mesmo isso, vai?

— Todo dia. E chega de flores para você, meu jovem. Vai comer comida normal de dragão e nada mais. Fui clara?

— Foi, mamãe.

— Ele não é o único que come coisas que não deve — falei olhando para Eadric.

Eu tinha me acostumado ao barulho constante do lado de fora da barraca enquanto os dragões percorriam a área nos procurando, só que agora o ruído parecia estar mais alto. Quando prestei atenção, pude ouvir uma palavra acima de todas as outras. *Humanos* parecia uma palavra que significava coisa ruim quando gritada por uma turba de dragões furiosos. Estávamos numa encrenca séria.

O Rei Dragão olhou míope para Eadric e eu, e balançou a cabeça.

— Não acredito que vou falar isso, mas acho melhor vocês dois se esconderem por um tempo. Vou tentar deixar todo mundo de fora, mas não posso ajudar se eles os encontrarem. Mesmo vocês tendo feito um grande favor à minha família, só posso ajudar até certo ponto. É uma pena vocês serem humanos, só posso dizer isso.

— E se não fossem humanos? — perguntou Ralf. — E se eles se transformassem em sapos de novo? Então iam poder sair da barraca e ninguém notaria. Você consegue fazer isso, não consegue, Emma?

— É uma ótima idéia, Ralf, mas só há um problema. Eu tenho de espirrar para a gente se transformar de novo, e não sei como me obrigar a fazer isso.

— Não há outro modo de vocês se transformarem? Você me curou com magia. Por que não dá um jeito?

— Quando curei você, usei um feitiço que tinha lido num livro. Não conheço nenhum feitiço que me transforme de volta.

— Então invente — disse Ralf. — As bruxas fazem esse tipo de coisa, não é?

— Ainda não sou muito boa em inventar feitiços. Eles nunca saem muito bons.

Ronca-Pança apontou uma garra afiada para o meu peito.

— Quer dizer que você é capaz de experimentar magia no nosso filho, mas não em si mesma?

Olhei de um dragão para o outro, esperando que pelo menos um deles entendesse.

— Não é que eu não queira. — Engoli em seco quando os olhos dos dragões adultos começaram a luzir vermelhos e uma fumaça cor-de-rosa escorreu de suas narinas. A temperatura na barraca pareceu subir enquanto a fumaça enchia o ar e o cheiro de repolho cozido ficava insuportável.

— Acho melhor você tentar, Emma — disse Eadric. — Nós não temos muita opção.

— E você, Eadric? Sei como se sente com relação aos meus feitiços. O que acontecer comigo vai acontecer com você também. Tem certeza que quer isso?

— Estou disposto a arriscar, se você também estiver. Nós chegamos até aqui, não foi?

Respirei fundo e assenti.

— Certo — falei com um sorriso sem-graça. — Só não espere grande coisa.

— Falando naquela fumaça... — disse o velho dragão.

Sopra-Chamas o encarou, irritada.

— Agora não, papai. Dê uma chance à garota.

— Isso é importante. Eu lembrei o que queria falar, e é uma coisa que ela deve saber. Jovem humana — disse ele, virando-se para mim —, está vendo a fumaça de dragão nesta barraca? Há muito mais do que havia antes.

— Sim, mas...

— A fumaça de dragão é uma coisa muito poderosa. Nós temos nossa magia especial, e a nossa fumaça também tem. Depois de respirar a fumaça por tanto tempo, se você tentar lançar um feitiço em si mesma, ele vai mudar sua magia, de um modo ou de outro. Só achei melhor avisar.

— O que o senhor quer dizer? — perguntou Eadric.

— Se você for amiga dos dragões ela vai tornar sua magia mais forte, mas não há muitos amigos de dragões no mundo. Se for como a maioria dos humanos e não se importar em usar a magia contra nós, você poderá perder a magia totalmente. Se isso acontecer, não creio que vocês dois saiam daqui vivos. Minha família vai tentar ajudá-los, mas aqueles sujeitos lá fora não estão para brincadeiras. A escolha é sua, portanto pense bem. Assim que lançar o feitiço, o que acontecer estará em suas mãos.

Fiquei apavorada. Tentar passar pelos outros dragões não era de fato uma opção. Eu não queria morrer, e não queria me arriscar a perder Eadric, que faria o máximo para me proteger e terminaria sendo morto. Não queria perder minha magia, mas quanto mais pensava nisso, mais achava que não iria perder nada. Nunca tinha usado magia contra dragões e não tinha intenção de começar agora. Isso não significava alguma coisa?

Quando tentei falar, as palavras pareceram grudadas na garganta. Tentei de novo e elas saíram com um som esquisito, como se outra pessoa estivesse falando.

— Preciso tentar o feitiço.

— Certo — disse o velho dragão. — A decisão é sua.

Fechei os olhos para que os dragões não me distraíssem. Levei um minuto para pensar numa coisa que achei que funcionaria. Quando estava pronta, respirei fundo e disse:

> Quero poder
> Ser o que almejo.
> Ter a forma
> Que hoje desejo.
>
> Deixe-me escolher
> Pois assim escapo.
> Não mais ser humana
> Ter forma de sapo.

A fumaça cor-de-rosa pareceu atraída por mim, redemoinhando ao meu redor numa nuvem que ficava cada vez mais densa. Eadric e os dragões sumiram e tudo ficou silencioso, deixando-me sozinha num mundo de sombras. Apesar do calor, um arrepio me subiu pelas costas e eu estremeci. Com Eadric ao lado, tinha me sentido mais corajosa e capaz de encarar o que viesse, mas agora... tentei dizer a mim mesma que tudo ficaria bem. Tinha jurado que nunca iria usar magia para fazer o mal, e pelo que sabia nunca fizera nada pior do que levar um monstro marinho a perder os dentes. E mesmo assim ele estava com uma nova dentição.

Alguma coisa sussurrou baixinho. Cravei as unhas nas palmas das mãos e prendi o fôlego, esforçando-me para entender. O som veio de novo, mais alto e mais claro. Era uma voz, mas não pertencia a um ser humano e não falava palavras que eu entendesse. Outra voz se juntou a ela, e uma terceira, e antes que eu soubesse um coro de vozes me rodeava. Ficaram mais altas até parar de repente, deixando-me de novo no silêncio.

Clarões de luz romperam a fumaça, vermelhos e amarelos num leito de rosa empoeirado. *É isso*, pensei. *Os dragões vão me transformar em carvão.* Acho que até esqueci de respirar. Flechas de luz sem começo nem fim me atravessaram como se eu não fosse mais sólida do que uma sombra. Ouvi música tranquila e gritos de terror. Senti gosto de sangue e açúcar, o fedor de podridão e o perfume de flores do campo. As flechas eram frias e quentes, coçavam, queimavam e aliviavam... e então sumiram.

Fiquei tonta e revigorada, cheia de energia como se tivesse acabado de sair de um nado estimulante num frio riacho de montanha. Meus sentidos ficaram mais aguçados, os pensamentos mais claros. Sabia que tinha me transformado em sapa, mas também sabia que uma coisa maior e mais importante havia me acontecido. O que quer que fosse, eu não era mais a pessoa que tinha sido há minutos.

A fumaça havia quase desaparecido quando o barulho das Olimpíadas retornou. Era alto e áspero, no entanto eu o recebi com prazer, como prova de que tudo estava bem.

— Olhem só para isso! — exclamou o Rei Dragão. — Eu deveria saber que aconteceria assim, depois do modo como você ajudou o Ralfinho!

— Agora você está com um brilho engraçado, Emma. Dá para ver quando fecho bem os olhos, desse jeito — disse Ralf, apertando os olhos até virarem fendas.

— Quando o senhor disse que a magia dela ficaria mais poderosa, de quanto seria o aumento? — perguntou Eadric.

— Depende da pessoa — disse o Rei Dragão. — Mas geralmente é bem substancial.

Eu não sabia o que dizer, mas Eadric não tinha esse problema.

— Isso é fantástico! — falou ele, balançando a cabeça. — Você cometeu alguns erros com sua magia antes, mas posso imaginar o que vai inventar agora!

Um dragão vermelho-escuro com sobrancelhas serrilhadas levantou a cortina da barraca e enfiou a cabeça.

— Alguém viu dois humanos? — Quando seu olhar pousou no Rei Dragão, ele baixou a cabeça, murmurando: — Desculpe, majestade. Não queria me intrometer.

— Hmmf — disse Gargarejus Bufantis. — Que isso não aconteça de novo. E vá procurar os humanos em outro lugar. Eles não estão aqui.

O dragão vermelho fez uma reverência e recuou, murmurando desculpas. Quando a cortina se fechou, Eadric disse:

— Acho que a gente deveria sair antes que aconteça mais alguma coisa.

Ralf coçou os olhos e conteve um bocejo.

— Eu levo você para achar sua espada...

— Nem pensar! — disse a mãe dele. — Agora você não vai a lugar nenhum com seus amigos. Nem consegue ficar de olhos abertos, e eu não...

— Mamãe! — gemeu Ralf com o rosto se franzindo.

— Não se preocupe, filho — disse o pai. — Eu levo seus amigos aonde eles precisarem ir. Ouça sua mãe, e eu virei vê-lo quando voltar.

— Você não se importa? — perguntou o dragãozinho. — Porque é meio longe.

Enquanto Ralf dava as orientações ao pai, tentei pensar num bom motivo para não ir com o dragãozão. Eu conhecia Ralf e confiava nele, mas seu pai era intimidante, mesmo quando tentava ser amigável. Eu estava abrindo a boca para dar uma desculpa quando Ronca-Pança nos pegou, colocou atrás da crista da nuca e trotou para fora da barraca.

— Tchau! — gritou Ralf enquanto a cortina da barraca se fechava atrás de nós.

— Tchau! — gritei de volta, mas já estávamos no ar.

Vinte e dois

A noite havia caído enquanto estávamos na barraca, mas o poço de lava emitia uma luz fantasmagórica na arena. Em vez de pegar o túnel através da montanha, Ronca-Pança evitou a multidão voando direto para cima. Fiquei convencida de que íamos cair de suas costas a qualquer momento, mas ele nos levou em segurança pelas passagens da montanha e sobre a floresta, com as grandes asas batendo num ritmo firme e constante.

Era uma noite linda, com estrelas piscando no alto, a superfície pálida da lua quase cheia e o ar fresco e límpido afastando o cheiro do ungüento de Ralf. Se não fosse o barulho das asas do dragão, o silêncio seria total.

Ralf devia ter dado informações precisas ao pai, porque o grande dragão nos levou direto às árvores onde estivera a teia da aranha. Estava escuro na floresta, tornando difícil enxergar direito. No momento em que o dragão pousou, Eadric pulou no chão. Eu também saltei das costas dele, não querendo ficar ali sozinha.

— Se você esperar eu faço uma luz — falei, ao ouvir Eadric tropeçar no escuro.

— Não se incomode — disse Ronca-Pança. Em seguida, fechou os olhos e se concentrou até que sua barriga soltou uma espécie de ronco, como um velho quando seus ossos doem. Respirando fundo, o dragão exalou com a boca parcialmente fechada, soltando uma fina língua de fogo e o cheiro de repolho, agora familiar. A chama criou luz suficiente para iluminar o chão até os galhos mais baixos das árvores próximas. Ela sumia quando ele inalava e aparecia de novo na respiração seguinte, iluminando a área numa pulsação de luz, escuridão, luz, escuridão. Ajudava, mas não era perfeito, já que eu podia ver Eadric num momento e ele desaparecia no outro, junto com a chama.

— Ai! — disse Eadric. Agora eu podia vê-lo parado perto de uma árvore e massageando a testa, aparentemente depois de bater num galho. Olhando o chão perto dos pés, ele falou: — Sei que Fred está em algum lugar por aqui.

— Ronca-Pança — falei, recuando quando a cabeçorra do dragão girou para me olhar. — Você poderia nos carregar se nós fôssemos humanos?

— Facilmente.

— Então acho que está na hora de pararmos de ser sapos.

Como tinha funcionado bem da primeira vez, usei o mesmo feitiço, com um pequeno ajuste.

Quero poder
Ser o que almejo.
Ter a forma
Que hoje desejo.

> Deixe-me escolher
> Pois prefiro assim.
> Uma forma humana
> É melhor para mim.

Agora minha magia estava diferente. Antes era preciso grande esforço e concentração, e eu tinha de esperar que estivesse dizendo a coisa certa de cada vez. Agora sabia quando estava certa, e não só porque o feitiço era parecido com o que tinha falado na barraca. Agora dava para ver o efeito de minhas palavras antes de dizê-las. Desta vez, quando falei o feitiço, a mudança aconteceu num instante, e eu não me senti esquisita depois. A magia poderosa definitivamente tem suas vantagens.

Enquanto Eadric arrastava os pés entre as folhas mortas, procurando Fred, tentei me lembrar de onde ele estivera parado quando nós viramos sapos. Eu sabia onde tinha estado, e ele estava certo.

— O que é isso? — perguntei quando meu pé bateu em alguma coisa dura. Ajoelhei-me para afastar as folhas e descobri a espada, a apenas cerca de um metro de onde Eadric estivera procurando. Eadric estendeu a mão para Fred, depois se levantou segurando a espada com o braço esticado.

— Desculpe ter deixado você, Fred — disse Eadric. — Não foi de propósito. Por favor, me perdoe.

Fred não ficou quieto por muito tempo.

> Jamais guardei ressentimentos,
> A raiva não me condiz.
> Não sei fazer julgamentos.
> Ver você só me deixa feliz.

— Fred é melhor do que um cão fiel — disse eu. — Uma espada que sabe perdoar assim não vai mastigar seus sapatos quando estiver querendo atenção.

— Ele é uma boa espada, não é? Acho que não foi uma compra ruim, afinal de contas.

A viagem para casa levou apenas alguns minutos. Estávamos vendo o castelo quando Ronca-Pança falou:

— Eu deixaria vocês na porta da frente, mas isso atrairia todos os guardas. Há algum lugar discreto em que eu possa deixá-los?

— Ali — falei, apontando para a torre da esquerda. — É onde minha tia mora. Ela não vai se importar se usarmos a janela. Na verdade, provavelmente vai gostar de conhecer você.

— Outra hora, quem sabe. — Ronca-Pança inclinou uma das asas e girou para a torre, planando em silêncio no vento.

— Obrigada pela carona — falei, pulando no parapeito.

Eadric se certificou de que estava com suas coisas, antes de me seguir pela janela.

— Obrigado — disse ele.

Ronca-Pança sorriu.

— Vocês salvaram a vida do meu filho e se tornaram amigos dele — falou, quebrando a ponta de uma garra que já estava rachada e colocando-a no parapeito da janela. — Se precisar de mim, segure isso na mão esquerda e chame por mim. Os dragões não se esquecem dos amigos.

Eadric e eu ficamos parados junto da janela, olhando a silhueta do dragão voar pelo céu noturno. Um guarda na torre ao lado gritou, mas Ronca-Pança já estava muito fora do alcance das flechas.

Peguei a garra do dragão e enfiei na bolsa, pretendendo examiná-la à luz do dia.

A porta do depósito se abriu com um rangido e uma cabecinha olhou para fora.

— Ele já foi? — sussurrou Fê, espiando a sala.

— Já, Fê. O dragão já foi.

— Graças a Deus! — A morceguinha se inclinou para a frente e me examinou. — Então, conseguiram o bafo de dragão e a pena?

— Temos tudo! Estou com o bafo de dragão bem aqui — falei, batendo na bolsa.

— E aqui estão as penas — disse Eadric, entregando-as a mim. Eu estava levando tudo para a bancada de Gramina quando ele apontou para o fundo da sala e sussurrou: — Quem é?

Uma figura pálida parecia estar flutuando na nossa direção, e eu achei que devia ser um dos fantasmas do castelo até que ela parou na poça de luar que atravessava a janela. Era mamãe, com o cabelo solto caindo pelas costas, a camisola comprida e branca roçando nos tornozelos e com as mangas passando da ponta dos dedos.

Apontei para as luzes-das-bruxas, acendendo cerca de meia dúzia.

— Você voltou — disse ela, aliviada. — Gramina também veio?

— Quer dizer que ela não está aqui? Mas ela sabe que temos de transformar Haywood de volta nas próximas horas!

— Haywood! Gostaria de nunca ter ouvido esse nome. Ele a fez esquecer tudo, e agora ela nem está aqui, quando precisamos dela tão desesperadamente.

— O que aconteceu? Há alguma coisa errada?

— Claro que há alguma coisa errada! O exército do rei Beltran quase chegou à fronteira. Seu pai está esperando por ele. Se Gramina não ajudar, o mago de Beltran pode destruir todo o nosso exército antes que uma única flecha seja disparada. Filha, você disse que tinha aprendido um pouco de magia. Sabe como localizar Gramina? Precisamos dela de volta imediatamente!

— Verei o que posso fazer. — Ocorreu-me que minha mãe tinha de estar realmente desesperada para aceitar minha magia tão de repente, o que me fez querer ajudar ainda mais. Procurei a escama de dragão na bancada de Gramina, mas ela devia tê-la levado de novo. — Posso usar isso — falei, encontrando sua antiga bola de cristal. Ela possuía uma nova e mais poderosa, que também estava desaparecida.

— Eadric, me ajude a achar alguma coisa pessoal de Gramina, que eu possa usar para achá-la. Tente pegar o pente ou o travesseiro. Se tivermos sorte, seu feitiço de limpeza pode ter deixado escapar um ou dois fios de cabelo.

Infelizmente o feitiço de Gramina era bem meticuloso. Não achamos nenhum fio de cabelo, mas encontramos um chumaço dos pêlos de Haywood num banco perto da janela.

— Isso terá de servir — falei. — Veremos se conseguimos achar Haywood, e esperemos que Gramina esteja por perto.

— Não entendo — disse Eadric. — Se você pode achar Haywood assim, por que Gramina não tentou isso? Certamente é mais fácil do que o que ela está fazendo.

— Depende da distância envolvida. Não vai ser fácil se ele estiver longe demais. Minha tia é uma bruxa poderosa, mas isso pode ser difícil até para ela. E lembre-se, ela tinha de eliminar todas aquelas pistas falsas.

Eu já sabia o que ia dizer quando coloquei os pêlos na bancada de Gramina e a bola de cristal em cima.

> De dia ou de noite,
> Aqui ou acolá.
> Antes do amanhecer
> Mostre onde a lontra está.

Uma imagem se formou dentro da bola, a princípio turva, mas foi ficando mais nítida enquanto olhávamos. O sol estava alto sobre uma margem de rio onde uma lontra, com a pele molhada e brilhante, escorregava na lama. Havia uma figura na sombra, perseguindo-a, mas a lontra era esperta demais para ser apanhada. Retorcendo-se enquanto a figura estendia a mão, ela tentou morder, depois correu para a água e a figura caiu para trás, segurando a mão ferida.

— Aquela é Gramina? — perguntou Eadric, franzindo a vista para a imagem. — Por que está tão difícil de enxergar?

— Porque não foi ela que eu pedi para ver.

— Você pode entrar em contato com ela? — perguntou mamãe.

— Posso fazer melhor do que isso. — Eu estava me sentindo mais forte e confiante na magia do que nunca, e inventar feitiços não parecia mais um grande desafio.

— Recuem — falei —, e fiquem fora do caminho. Isso pode fazer uma bagunça.

Segurando a bola nas mãos, virei-me para o centro da sala.

> Traga a lontra para cá
> Para que ela seja um noivo.
> Traga também minha tia,
> E que fiquem juntos de novo.

O barulho de alguma coisa molhada e pesada batendo no chão me fez dar um pulo. Haywood tinha pousado primeiro, rolando no lindo tapete de minha tia e manchando-o de lama. Gramina apareceu em seguida, esparramando-se no chão e ofegando. Atordoada, ficou imóvel um momento, e eu comecei a me preocupar achando que ela poderia estar ferida. Levantou-se trêmula, mas eu achei que ela estava bem, até que notei o sangue pingando da mão.

— Minha nossa! — exclamou titia, encarando-nos surpresa. — Como isso aconteceu?

— Emma usou um feitiço — começou Eadric.

Gramina olhou-o como se ele estivesse louco.

— Quem?

— Emma — disse Eadric de novo. — Ela achou você naquela bola, depois disse um feitiço para trazê-la para cá. A rainha Chartreuse falou que precisava de você, por isso Emma...

— Emma não poderia fazer isso. Não sei de ninguém que possa trazer duas pessoas de uma distância tão grande. Deve ter havido...

Haywood estava agindo como qualquer coisa selvagem que subitamente fosse trancada numa sala. Entrou em pânico, com as garras se cravando no tapete enquanto corria de uma ponta da sala para a outra, tentando achar uma saída. Parei de ouvir Gramina quando ele trombou na mesa onde estava o buquê cristalino. A mesa caiu com um estrondo, e o buquê teria se despedaçado no chão se Eadric não tivesse se jogado do outro lado da sala, pegando-o com as duas mãos.

— Muito bem! — falei, e corri atrás da lontra frenética. Encurralei-a no canto da sala, e vi que isso não era boa idéia quando ela mostrou os dentes e rosnou. Recuando um passo de cada vez, apontei o dedo para Haywood e disse:

> Mande essa lontra ao lago
> Onde Eadric conheci.
> Não a deixe ir embora.
> Faça já o que decidi.

No instante em que terminei o feitiço, Haywood desapareceu, deixando para trás lama e o cheiro almiscarado de lontra molhada. Ouvi Gramina ofegar, e quando me virei ela estava me encarando como se eu tivesse duas cabeças.

— Desculpe, mas ele não podia continuar aqui — falei. — Está selvagem demais para ficar dentro de casa.

— Eu sei. Eu teria feito a mesma coisa. Só não acredito no quanto você mudou. A Emma que eu conhecia não seria capaz disso. E se foi mesmo você que nos trouxe para cá...

— Foi ela — disse mamãe, surpreendendo-me ao parecer orgulhosa. — Agora fique quieta e me deixe ver essa mão. — Murmurando baixinho, mamãe fez Gramina se sentar e começou a limpar o ferimento com água do jarro e um pano limpo. — Vocês duas podem conversar mais tarde. Gramina tem de ajudar Limelyn. Ela disse que quando voltasse...

Minha tia franziu a testa.

— Eu disse que iria ajudá-lo depois de cuidar de Haywood. Ainda tenho de transformar meu querido de volta, e não tenho muito tempo.

— Mas as tropas de Beltran quase chegaram à fronteira — disse mamãe. — O mago dele...

— Não vai fazer nada antes do amanhecer. Velcareca não é muito poderoso, por isso precisa enxergar o que está fazendo. Vai esperar o dia. Como eu já disse, vou direto para lá assim que Haywood estiver transformado de volta. Agora, se não se importam, tenho muito que fazer.

— Jura que vai cumprir seu dever de Bruxa Verde? — perguntou mamãe, apertando o curativo que estava enrolando na mão da irmã.

— *Ai!* — gritou Gramina. — Vou, juro! Agora vá dormir um pouco. Você precisa estar descansada para a comemoração da vitória de Grande Verdor. — Pegando mamãe pelo braço, Gramina levou-a à porta.

— Certo, desde que você jure — disse mamãe, deixando a irmã empurrá-la para fora.

Vinte e três

Gramina fez um gesto e mais luzes-das-bruxas se acenderam, produzindo uma iluminação suave e difusa. O estômago de Eadric roncou, e uma névoa avermelhada flutuou na sala. Ele ficou ruborizado, com o rosto quase da mesma cor da névoa.

— Eadric comeu a parte de dentro dos feijões mágicos — falei, certa de que minha tia só precisava dessa explicação.

Gramina balançou a cabeça com tristeza, se bem que um sorriso repuxou os cantos de sua boca.

— Você não deveria ter comido isso, Eadric. Eram feijões mágicos velhos, cuja magia fica mais forte com o tempo. Cada mês, pelo resto de sua vida, o problema vai voltar quando for lua cheia.

Meu avô era conhecido como Aldrid, o Sábio, meu pai é Limelyn, o Corajoso, no entanto o homem com quem eu talvez me casasse poderia ser chamado de Eadric, o Flatulento. Eadric gemeu quando seu estômago roncou, e eu não consegui deixar de sorrir. Que hora para perceber que eu realmente *queria* casar com ele!

— Acho que vou à cozinha — disse Eadric indo para a porta. — Faz um tempo que a gente comeu. Você vem, Emma?

— Não, eu preciso ficar e ajudar tia Gramina. — Ocupei minha poltrona de sempre, diante da lareira. Gramina se sentou na outra, e nós esperamos até Eadric fechar a porta. Quando titia suspirou, eu soube que havia algo errado. — Papai vai ficar bem, não é? — perguntei.

— Ah, sim. Isso não tem nada a ver com o seu pai. Só que não sei se estou fazendo a coisa certa com relação a Haywood.

— O que está dizendo? Você não quer que ele volte a ser o que era?

— Sim, claro que quero, ou pelo menos acho que quero. Mas e se nós tivermos mudado tanto que não gostemos mais um do outro? Ou se descobrirmos que não estamos mais apaixonados? Eu não sou mais a menina que se apaixonou pelo jovem estudante de magia. Tive um bocado de tempo para pensar nisso. Demorei muito mais para achar Haywood do que imaginava. E quando achei, mamãe o fez esquecer que tinha sido humano, como disse que faria. Ele estava feliz como lontra, mais feliz do que a maioria dos homens jamais se sentiu. Que direito eu tenho de trazê-lo de volta a uma vida como humano?

— Ele estava feliz como lontra por causa do feitiço de vovó, você sabe disso. Mas vai ficar mais feliz com você. Eu vi como ele a olhava quando você o encontrou no outro dia. Tinha até gravado seu nome na casca de um carvalho antigo, e isso deve ter sido tremendamente difícil para uma lontra. Ele a ama, tia Gramina, e se estivesse com a cabeça no lugar diria isso.

Gramina levantou a mão, mostrando o curativo manchado de sangue.

— Ele me mordeu, Emma! Quando finalmente o encontrei, ele me mordeu como um animal selvagem!

— Foi o feitiço de vovó. Eu sei que o verdadeiro Haywood ama você.

Gramina suspirou de novo.

— Talvez você esteja certa, Emma. Eu sei muito pouco sobre as coisas do coração. Faz tanto tempo! — Ela fechou os olhos e esfregou as têmporas, como se sentisse dor, mas quando me olhou de novo parecia um pouco mais animada. — Se vamos até o fim com isso, é melhor agirmos. O amanhecer vai chegar num instante.

Enquanto Gramina ia para seu quarto pegar os itens no baú de prata, enfiei a mão na bolsa para pegar o frasco de bafo de dragão. Já ia tirá-lo quando ouvi um movimento na janela. Fiquei boquiaberta quando vovó disparou pela abertura. Pulando da vassoura, ela apontou o dedo para Gramina.

— Aí está você! Achou o sujeitinho?

Gramina virou a cabeça e a encarou furiosa.

— O que você está fazendo aqui?

— Vim impedi-la de cometer um erro terrível!

— O único erro que eu cometi foi deixar você chegar perto de Haywood de novo. Deveria ter sabido que não podia pedir sua ajuda.

— Isso é jeito de falar com sua mãe?

— No seu caso, é. Por favor, vá embora.

Vovó murmurou alguma coisa enquanto franzia a vista, com os olhos minúsculos desaparecendo numa massa de rugas. Gramina devia ter adivinhado o que a mãe ia fazer, porque pôs a mão diante do rosto e recitou algo muito depressa. Com um assobio agudo, o feitiço de vovó ricocheteou em Gramina e se ligou à criadora. Furiosa, vovó agarrou os lábios, arrancando fios de alguma coisa densa e branca que parecia se retorcer em suas mãos.

— Ora, sua coisinha insignificante! — guinchou vovó assim que descobriu a boca. — Se restaurar o Henry, sua vida vai mudar para sempre!

— Espero que sim, mamãe, e o nome dele é *Haywood*!

— Isso é para o seu próprio bem, filha! — gritou vovó, enquanto jogava em Gramina uma bola dos fios brancos embolados. Titia se abaixou e a bola bateu na janela atrás.

— Mamãe, estou avisando, você não vai me fazer mudar de idéia.

— Vamos trazer Horácio aqui e veremos o que ele acha.

Vovó murmurou alguma coisa e fez círculos com a mão no sentido horário. Um sopro de fumaça laranja nublou um canto da sala, e quando a névoa se dissipou Haywood estava parado, piscando à luz. Vovó falou de novo, e uma dúzia de vespas entrou zumbindo pela janela, indo direto para a lontra. Se eu não conhecesse a força do meu feitiço poderia ter me convencido.

— Haywood! — gritou Gramina, enquanto tentava dar tapas nas vespas. Sem pensar em sua própria segurança, titia correu para ajudá-lo. No momento em que Gramina deu as costas, vovó apontou para ela e murmurou. Devia ser um feitiço de amarração, porque titia parou no meio do passo. Seu corpo tremeu enquanto ela lutava para quebrar o feitiço.

— Haroldo não vale o ar necessário para falar o nome dele — gritou vovó. — Não sei por que você é tão cabeça-dura!

— Porque ela o ama! — falei, surpreendendo até a mim mesma. Não podia suportar mais. Minha avó tinha feito todo o possível para ficar no caminho do amor verdadeiro, e nem isso havia bastado. — Você pode ter enganado Gramina, mas eu sei que esse aí não é Haywood. Ele ainda está onde eu o coloquei, e é onde vai ficar até estarmos prontas. Seus truques não vão dar certo comigo, então é melhor parar agora mesmo.

Vovó grunhiu e balançou o braço. As imagens falsas da lontra e das vespas começaram a se dissipar.

— O que você está fazendo é errado, vovó! — continuei. — Não vê que eles devem ficar juntos?

Os olhos de vovó relampejaram.

— Estou vendo. Você aprendeu um pouco de magia, por isso acha que pode interferir. Bem, isso não é da sua conta. É entre minha filha e mim. — Com um estalo dos dedos, fagulhas prateadas saltaram das pontas, chiando enquanto queimavam o ar.

Mantenha a coisa simples, pensei, e um feitiço se formou na minha mente quase sem esforço.

> O vento deve soprar,
> Não pode ser devagar.
> Leve cada fagulha do mal
> E não deixe nenhum sinal.

Um vento súbito balançou as tapeçarias nas paredes, chicoteou meu cabelo, soprou os pergaminhos soltos na mesa de Gramina e transformou as fagulhas em pó que caiu inofensivo, chiando, quando o vento morreu.

— Muito bonito! — exclamou vovó, e de repente tive a impressão de que ela estava satisfeita. — E que tal isso? — Fiquei surpresa ao vê-la desaparecer, mas mais surpresa ainda porque conseguia sentir sua presença na sala.

— Sei que está aqui, vovó. Isso já não durou o bastante? — Quando ela não respondeu, falei: — Ótimo. Se é assim que você vai agir, vamos experimentar o seguinte:

> Cada vida que existe aqui
> Uma luz deve conter,
> Para que eu fique sabendo
> O que preciso saber.

Minha pele coçou, e o ar ao redor começou a brilhar enquanto uma aura dourada se formava em volta de minha tia e de Fê. Pisquei, e quando olhei de novo vi uma luz mais ou menos com o tamanho e a forma de vovó. A luz se moveu e eu ouvi minha avó rir.

— Muito bom! Talvez eu ainda faça de você uma bruxa.

De algum modo, o que havia começado como uma luta entre minha tia e vovó tinha terminado como um teste para mim. Pelo tom da voz dela, parecia que eu tinha passado.

Uma névoa azul flutuou pela porta, e meu avô se materializou no meio da sala.

— Voltou tão cedo, Olivene? Você fica longe durante anos, e agora visita duas vezes numa semana?

Vovó reapareceu com um pequeno estalo.

— Cuide da sua vida, velho idiota — disse ela, com as sobrancelhas eriçadas reunidas num V. — Isso é entre mim e minha neta.

— Ela é minha neta também. Deixe-a em paz, Olivene. Emma não precisa de sua interferência na vida dela.

— E eu não preciso do seu conselho, Aldrid. Já estava indo embora mesmo. Disse o que queria dizer e fiquei sabendo o que queria saber. — Vovó sorriu para mim, depois se virou para balançar os dedos na direção de Gramina. O pé de titia bateu no chão com barulho, e ela cambaleou um ou dois passos.

— Então por que ainda está aí? — perguntou vovô.

— Não estou — respondeu vovó.

Pulando na vassoura que esperava, ela voou pela sala, cacarejando como uma galinha velha e fazendo com que nos abaixássemos para evitá-la. Quando saiu pela janela, uma lua cheia emoldurou sua silhueta.

Vovô balançou a cabeça.

— Essa mulher fica mais maluca a cada vez que eu vejo.

— Eu ouvi isso! — gritou vovó por sobre o ombro, com a voz sumida pela distância.

— Obrigada por ter vindo, papai, mas eu poderia ter cuidado disso sozinha — disse Gramina. — Estava repassando as fórmulas-padrão de soltura para os feitiços de amarração. Iria quebrá-lo logo, e depois cuidaria de mamãe.

— Eu sei, mas queria vê-la, mesmo que só por um minuto. Olivene tem a personalidade de uma ursa louca, mas mesmo assim sinto saudade dela. Boa ou má, sua avó sempre foi a mulher mais empolgante que eu já conheci. Não foi culpa dela ter ficado má. Boa noite, senhoras. Venham me visitar quando puderem.

Gramina esperou até vovô se desmaterializar, depois levantou a sobrancelha e se virou para mim.

— Então, o que andou fazendo? Sua magia melhorou mais do que eu acharia possível num tempo tão curto.

— Foi a fumaça mágica nas Olimpíadas dos Dragões. Parece que quando a gente faz magia...

— Não importa — disse ela, balançando a cabeça e sorrindo.

— Parece uma longa história, e quero que você conte tudo

quando tivermos tempo. Agora é melhor cuidarmos do Haywood. O sol vai nascer a qualquer momento.

Acompanhei titia até sua bancada de trabalho. Pegando uma pequena tigela de barro, Gramina colocou uma das penas de Céu-Mar, o fio diáfano de Malva Marinha e a casca de um feijão mágico. Fê acompanhava cada gesto, a cabeça balançando para trás e para a frente. Entreguei a Gramina o frasco de bafo de dragão. Ela o sacudiu e disse:

> Sólidos viram líquido,
> Líquidos viram gás.
> Reverta todo o processo
> Sem confusão demais.
>
> Torne esse gás um líquido
> Pois assim sei que não falho.
> Volte-o à forma atual
> Quando acabar o trabalho.

Quando ela balançou o frasco sobre a tigela de novo, o conteúdo brilhou, ficando tão luminoso que eu tive de desviar o olhar.

— Acho muito mais fácil usar líquidos em algumas circunstâncias, e os gases em outras. Neste caso — disse, erguendo o frasco para que eu visse o líquido azul-esverdeado lá dentro —, o líquido é mais prático. Agora olhe.

Inclinando o frasco lentamente, Gramina derramou três gotas, esperou um momento e derramou mais três. Meu coração bateu uma, duas, três vezes, então o bafo líquido de dragão ficou quente, borbulhando como a lava no poço dos dragões, e a pena, o fio de cabelo e a casca de feijão se enrolaram em bolinhas antes de dissolver. O líquido, agora de um azul cremoso, era leve e tinha bolhas que subiam e desciam.

— Bom — disse Gramina, colocando uma tampa na tigela.

— Agora estamos prontas. — Tampando o frasco de novo, entregou-me antes de pegar a poção. — Mantenha esse frasco em segurança. Não dá para dizer quando você poderá precisar dele outra vez, e provavelmente é muito difícil de conseguir.

Você não faz idéia, pensei, mas quando vi seu sorrisinho secreto deduzi que talvez ela fizesse.

Vinte e quatro

Vestidos com capas grossas por causa do frio da madrugada, Gramina, Eadric e eu corremos até o pântano, iluminando o caminho com tochas. O céu já estava ficando mais claro quando chegamos ao lago. Não era um lago extremamente grande, mas sempre fora o meu predileto. Eu adorava o agrupamento de taboas na outra extremidade, os salgueiros arrastando as folhas em forma de lança na água e o trecho de cascalho onde eu costumava ficar examinando meu pequeno reino. Haywood estava flutuando de costas em meio à névoa da manhã, aparentemente como se não tivesse qualquer preocupação no mundo.

Gramina não iria esperar mais. Estendendo as mãos, chamou:

> Venha a mim, querido.
> Amigo, venha a mim.
> Quando tomar esta bebida
> Sua vida animal terá fim.

Como num transe, Haywood virou de barriga para baixo e nadou na direção de Gramina, com os olhos castanhos úmidos jamais se desviando do rosto dela. Descobrindo a tigela, Gramina se agachou na beira d'água. Quando as patas de Haywood tocaram a lama da margem, ela inclinou a tigela, derramando o conteúdo em sua boca aberta.

Haywood piscou para Gramina. Pouco a pouco mais névoa subiu da água em volta dele, e as bordas de seu corpo começaram a ficar turvas. A forma escura e peluda que era Haywood ficou mais comprida, a cabeça e o corpo aumentaram de tamanho, a cauda desapareceu por completo.

Olhei para Gramina. Ainda que seus olhos tivessem estado perturbados há apenas alguns instantes, agora brilhavam com a mais pura alegria que eu já vira. Ela olhou nos olhos de Haywood; seu rosto se suavizou. Enquanto a névoa se dissolvia, pude ver que Haywood era humano de novo. Era um homem de meia-idade, vestido com roupas fora de moda havia vinte anos. O cabelo castanho-aloirado tinha alguns fios grisalhos, os olhos castanhos eram calorosos e amigáveis. Pelo modo como olhava para Gramina, estava claro que sua memória tinha retornado e que ele ainda adorava minha tia.

Os dois se aproximaram com mãos trêmulas. Os rostos pareciam luzir de felicidade, e eu senti a garganta apertar quando eles se inclinaram um para o outro e se beijaram. Ainda estava olhando quando uma brisa soprou afastando o resto da névoa e trazendo uma chuva de pétalas de rosa, cor-de-rosa, vermelhas, púrpura e de todos os tons intermediários. Circularam ao redor de nós como um cobertor suave, enchendo o ar com seu perfume doce.

Eu estava afastando algumas pétalas grudadas no rosto quando senti que alguma coisa havia roçado na minha bochecha. Olhei para a mão e levei um susto ao descobrir o anel de Gramina, o anel de folhas verdes, no meu dedo.

— Por que isso... — comecei, e então ouvi alguém ofegar. Virei-me para Gramina e Haywood. A brisa havia acabado, deixando-os cobertos de pétalas. Afastando as mãos bruscamente de Gramina, Haywood recuou, mas seus pés escorregaram e ele caiu na água mais funda, espadanando.

Imaginei o que poderia ter causado a expressão de horror em seu rosto, e então Gramina se virou, as pétalas caíram e eu soube. Não era mais a mulher linda que eu conhecia durante toda a vida. Tinha ficado exatamente como vovó. A maldição que todas temíamos, a maldição que a fada havia posto em nossa ancestral, Hazel, tinha cobrado seu preço, transformando o glorioso cabelo castanho-avermelhado de Gramina numa coisa dura e preta, o nariz bem formado virou uma coisa tão comprida que quase chegava ao queixo proeminente. Havia mais verrugas peludas em seu rosto do que o número de dedos nos meus pés, e os dedos eram tortos e nodosos.

Foram as pétalas de rosas, pensei. *Vovó deve ter acrescentado isso ao feitiço que lançou contra Haywood. Ela conseguiu o que queria, afinal de contas.*

— O que estão olhando com essa boca aberta, seus bobocas? — perguntou Gramina, e sua voz saiu áspera como uma faca enferrujada.

— Você se transformou — guinchei.

— Claro que me transformei, seu bafo de pulga. Fiquei muito mais inteligente. O casamento está acabado. Eu não me casaria com esse moleque peludo nem que ele fosse o último mago do pântano. Agora vão embora e parem de me incomodar. Preciso tirar estas roupas nojentas e colocar uma coisa mais adequada.

Gramina partiu na direção do castelo. Aparvalhados, ficamos olhando-a se afastar pisando com força, depois nos viramos e nos entreolhamos.

— O que aconteceu? — perguntou Haywood, com água pingando das roupas enquanto saía com dificuldade do laguinho. — Onde está minha Gramina? Achei que era Gramina, mas então aquela velha horrorosa... Aquela mulher fez alguma coisa com ela? Ela está correndo perigo?

— Não, acho que não — falei, e descrevi rapidamente a maldição. A expressão dele mudou de horrorizada para sofrida enquanto eu contava o que devia ter acontecido. — Aquela mulher era a sua Gramina, pelo menos até a maldição tomar conta. Acho que agora ela não é mais Gramina.

— Deve haver alguma coisa que a gente possa fazer! Você está treinando para ser bruxa, e eu estava estudando magia antes de Olivene me transformar. Nós dois juntos podemos pensar em alguma coisa. O que a maldição dizia exatamente?

— A única que pode contar é a fada que a lançou, mas nem sabemos quem ela era. Não há esperança. — E a enormidade do que tinha acontecido finalmente começou a ficar clara. A mulher que fora a pessoa mais gentil e atenciosa da minha vida tinha sumido para dar lugar a uma criatura horrível. Lutando contra as lágrimas, senti a garganta apertando, tornando difícil falar. — Sinto muito isso ter acontecido. Se eu não insistisse em que fôssemos ver minha avó...

— Eu ainda seria uma lontra, e Gramina e eu passaríamos o resto da vida tentando achar uma solução. E assim que a achássemos, Gramina teria ficado malvada de qualquer jeito. — Haywood fez uma careta e coçou a nuca, virando a cabeça de um lado para o outro.

— Você vai ficar meio rígido por um tempo — falei —, mas não vai demorar até voltar ao normal.

— Normal, é? Durante vinte e três anos normal era ser uma lontra. E não era uma vida ruim. A única coisa de que eu realmente sentia falta era Gramina.

— Eu sei. Nunca pensamos que vovó iria tão longe.

— Olivene devia me odiar mais do que eu pensava, se bem que não sei por quê. Mas se eu pusesse as mãos nela agora, lhe daria motivos suficientes.

— Isso só iria piorar as coisas. Por que não vai para o castelo? A cozinheira vai lhe dar algo para comer, e eu vou conversar com meus pais. Tenho certeza que podemos arranjar um lugar para você ficar até decidir o que quer fazer.

Haywood deu um passo com as pernas trêmulas.

— Obrigado. Vou demorar um pouco a me acostumar com isso.

Eu provavelmente deveria ter ajudado Haywood a ir para o castelo, mas não conseguia voltar por enquanto. Estava com raiva de vovó por causa de seu feitiço, e de Gramina por ter sucumbido a ele, mas principalmente estava com raiva de mim. Virando-me de volta para o laguinho, encarei Eadric, furiosa, mesmo sabendo que ele não tinha culpa de nada.

— Não acredito! — falei. — Por que tenho de ser uma sujeitinha tão intrometida que não consegue ficar longe dos problemas dos outros? Se ao menos não tivesse sido tão convincente quando Gramina quis desistir! Se ao menos não tivesse encorajado minha tia a pedir ajuda à vovó! Se ao menos não tivesse juntado os dois no início! Deveria saber que vovó faria algo assim!

— E o seu pai? — perguntou Eadric, com uma expressão perplexa. — Gramina não vai ajudá-lo?

— Ah, não! Ela deveria ir agora, não é? O que vamos fazer?

— O que quer dizer? Só porque ela está com aparência diferente não significa que tenha perdido a capacidade de...

— Isso mesmo — falei, e comecei a correr. — Tenho certeza que ela só esqueceu. — Quando vi minha tia lá adiante, usando um pedaço de pau para decepar as margaridas enquanto andava, gritei: — Gramina! Espere por mim! — Em vez de esperar, titia começou a andar mais depressa.

Puxei a bainha da saia que tinha se grudado em alguns espinheiros e corri atrás de Gramina, finalmente alcançando-a no caminho que levava a uma das hortas perto da cozinha.

— O que quer? — perguntou ela, olhando para mim por cima da ponta do nariz.

— Meu pai! — disse, quase sem fôlego por causa da corrida. — Você tem de ajudá-lo!

Gramina fungou alto.

— Não, não tenho. Não é mais minha responsabilidade. Não tenho de fazer nada e não vou fazer.

— Mas a Bruxa Verde...

— Isso mesmo. É tarefa da Bruxa Verde, e agora ela é você. Está vendo esse anel? — perguntou ela, agarrando meu pulso e torcendo-o para olhar minha mão. — Significa que você tem de proteger o reino. — Seus olhos brilharam quando ela empurrou minha mão e foi andando.

— Mas eu não sei o que fazer! — gemi.

Sem parar nem se virar, ela gritou:

— Você vai deduzir!

Eadric me alcançou enquanto eu ainda estava boquiaberta, olhando Gramina se afastar.

— Ela vai ajudar o seu pai? — perguntou ele.

Balancei a cabeça.

— Não. Disse que agora eu sou a Bruxa Verde, e por isso tudo está por minha conta. — Estendi a mão e mostrei o anel.

O queixo de Eadric caiu.

— Você é a Bruxa Verde? Está brincando?

A expressão perplexa no seu rosto era quase um insulto.

— Não é tão difícil de acreditar assim! Tenho certeza de que consigo. Só tenho de deduzir como.

— Quer dizer que ela não contou?

— Não. E não acho que o cargo venha com uma lista de instruções. Só me dê um momento para pensar!

— Claro. — Eadric recuou um passo e levantou as mãos como se estivesse se rendendo. — Vá em frente.

Eu não sabia o que fazer. Por minha causa meu pai fora deixado sem qualquer defesa mágica. Tinha certeza que Gramina saberia exatamente que passos dar antes de ter se transformado, mas mesmo que soubesse não iria me dizer. E vovó? Ela havia parecido tremendamente satisfeita com o aumento de minha capacidade mágica. Talvez estivesse mesmo me testando. Talvez estivesse tentando ver se eu era suficientemente boa para ser a próxima Bruxa Verde. Ela tinha de saber o que aconteceria quando Gramina beijasse Haywood, então talvez vovó quisesse ver do que eu era capaz antes de deixar a filha seguir seu caminho. Não sei o que teria acontecido se eu não fosse suficientemente boa, mas o fato de o anel ter vindo parar no meu dedo significava muita coisa. Mesmo assim, só porque eu era a nova Bruxa Verde não significava que soubesse como ajudar meu pai. *Se ao menos eu tivesse algum auxílio!*, pensei e de repente soube o que fazer. Sorri, feliz por não ter tido tempo de esvaziar minha bolsa.

— Ele disse para chamá-lo se algum dia eu precisasse — falei, enfiando a mão na bolsa de pano.

Eadric franziu a testa.

— Quem disse?

Pegando o fragmento de garra de dragão na mão esquerda, gritei:

— Ronca-Pança!

— Não precisa gritar — disse Eadric. — Era só uma pergunta.

— Eu não estava gritando com você; estava chamando o dragão. Espero que ele não demore a chegar.

Tentei esperar com paciência, mas Eadric ficava murmurando coisas como "idéia idiota", "perda de tempo".

— Olhe — disse ele por fim —, acho que vou pegar País Luminoso. Quanto mais cedo formos...

Houve um estalo como um trovão, e Ronca-Pança desceu do céu, com a sombra deslizando sobre o laguinho. Suas asas de couro farfalharam quando ele pousou ao nosso lado.

— Quando falei que você poderia me chamar, não quis dizer que era imediatamente. Os dragões precisam dormir em algum momento, você sabe.

— Eu não achava que precisaria chamá-lo tão cedo, mas tudo mudou. — E expliquei que tinha me tornado a Bruxa Verde e que meu pai estava contando comigo. — E só consegui pensar em você para pedir ajuda.

— O que sou eu, o príncipe invisível? — murmurou Eadric.
— Você poderia ter me pedido.

O dragão suspirou.

— Farei o possível. Ele vem também? — Usando uma garra rombuda, Ronca-Pança bateu de leve no peito de Eadric, quase derrubando-o.

— Claro — falei, subindo no ombro escamoso do dragão.
— Eu sempre preciso de Eadric.

Vinte e cinco

Grande Verdor é um reino relativamente grande, mas não demorou muito para atravessá-lo nas costas de um dragão adulto. Eu era familiarizada com a fronteira, tendo-a visitado muitas vezes, por isso quando não chegamos imediatamente ao local certo, pedi que Ronca-Pança virasse para o norte.

Muito antes de vermos os exércitos, notamos dragões circulando no céu. Havia três feras escamosas, todas de um laranja vívido que ia até o vermelho, e todas maiores do que Ronca-Pança.

— Você os reconhece? — perguntei ao meu amigo dragão.

— Nunca os vi antes. Não devem ser daqui. São irmãos, provavelmente, já que todos têm a mesma cor, e os tons combinam.

Examinei os dragões à medida que chegávamos mais perto. Não pareciam os dragões que eu tinha visto nas Olimpíadas. Até o modo como se moviam era estranho; o movimento das asas era desajeitado, e o jeito de virarem a cabeça era abrupto demais.

— Olá! — gritou Ronca-Pança, mas o trio de dragões o ignorou.

Finalmente passamos pelas últimas árvores do que parecera ser uma floresta interminável. Abaixo ficavam fazendas já ocupadas pelos dois exércitos. Eles se encaravam em filas retas, separados apenas por algumas centenas de metros e um riacho. Ambos os lados pareciam esperar um sinal.

— É melhor eu ir ver meu pai primeiro — falei, e me inclinei para a frente, dando um tapinha no ombro de Ronca-Pança. — Pode nos levar para baixo, por favor? Quero falar com o rei de armadura verde.

Meu pai teve de acalmar o cavalo quando Ronca-Pança desceu ao seu lado. Quando o animal finalmente ficou suficientemente imóvel para podermos falar, papai se virou para mim.

— E então, Emma, eu esperava ver Gramina. O que *você* está fazendo aqui? E *o que* você está montando?

— Gramina finalmente foi vítima da maldição da família, por isso eu sou a nova Bruxa Verde. Este é nosso amigo Ronca-Pança. Ele vai nos ajudar.

— Ronca-Pança, hein? — disse papai, encarando o dragão enorme. — Está dizendo que ele é amigo? Então não está enfeitiçado? — Notei que a mão de papai tinha ido em direção à espada e que, à minha afirmativa, mudou de idéia. — Algum dia você vai me contar como vocês dois se conheceram. E quer dizer que agora Gramina está agindo igual a Olivene?

Confirmei com a cabeça.

— E Haywood é homem de novo.

— Terei de me acostumar com um bocado de coisas, não é? O que você planeja fazer, Emma?

— O que o senhor precisar. — Olhei para os cavaleiros que tentavam acalmar suas montarias apavoradas. — Mas acho melhor voltar para o ar antes de assustarmos seu exército.

— Então veja o que pode fazer com aqueles dragões laranja. Nós podemos cuidar das tropas de Beltran, mas não enquanto dragões estiverem atacando.

Quando Ronca-Pança pulou no ar, foi direto na direção do outro exército. Os homens nas linhas de frente pareciam camponeses recém-saídos da roça. Usando armaduras de couro endurecido e levando forcados e machados como se fossem armas, não achei que tivessem muita chance contra os soldados experientes de meu pai. Beltran mantinha seus homens treinados na retaguarda e parecia que também estava lá, montado num cavalo preto atrás da infantaria e dos cavaleiros. Deduzi que outra figura, mais magra e montada num cavalo branco à sua direita, devia ser o príncipe Jorge, já que os dois estavam vestidos de modo quase igual, com elmos e cotas de malha. Os grifos triplos do brasão da família decoravam os enfeites dos cavalos e os escudos, mas enquanto o rei usava preto, Jorge estava vestido num prata brilhante.

Outro homem montava um cavalo cinza à esquerda do rei. Mais alto do que Beltran e Jorge, tinha cabelos brancos ao vento e usava uma capa preta e comprida. O rosto estava descoberto, e a distância parecia bonito, ainda que não tanto quanto o príncipe. Quando o homem sinalizou para os dragões, percebi que devia ser o mago. *Aquele não pode ser Velcareca*, pensei. *Não se parece nem um pouco com Velgordo.* Percebendo que Gramina podia ter se enganado, engoli em seco e tentei ignorar o aperto no peito. Aquele não era um mago incompetente, que seria fácil de derrotar.

Meu pai estava à frente de seus cavaleiros, com a viseira levantada enquanto olhava os dragões descendo. As feras soltaram fogo e os homens de meu pai gritaram. Cavalos empinaram e relincharam, criando tumulto nas fileiras de meu pai.

— O mago de Beltran deve estar controlando aqueles dragões — disse Eadric. — É preciso um mago forte para controlar três dragões ao mesmo tempo, não é, Ronca-Pança?

O dragão fungou, e um sopro azedo de ar passou por nós.

— Nunca encontrei um mago que pudesse controlar um dragão de modo tão completo, quanto mais três. Normalmente os dragões não se envolvem nas questões dos homens. Ele deve ser realmente poderoso.

Olhei os dragões voando baixo e circulando sobre os homens de meu pai e dispersando mais cavalos amedrontados. Alguns dos soldados de infantaria romperam fileiras e correram, deixando o exército numa desordem ainda maior. Os dragões metiam medo, apesar de parecerem muito estranhos.

— Vamos desafiá-los — falei a Ronca-Pança — e mostrar que estamos aqui.

— Mas são três, e os maiores que já vi — disse Eadric.

Farejei o ar.

— Isso não importa. Está sentindo cheiro de repolho cozido?

Eadric grunhiu.

— O que você está falando? Nem eu consigo pensar em comida numa hora dessas.

Os dragões laranja giraram e voltaram na direção das tropas de meu pai. Batendo as asas no mesmo ritmo, voaram baixo sobre os homens que se encolhiam. Cavalos gritavam e lutavam contra as rédeas, e um terço do exército de papai sumiu na floresta.

— Você está certa! — exclamou Ronca-Pança. — Não estou sentindo nenhum cheiro, apesar de eles estarem soltando chamas.

— Exato! E agora, que tal aquele desafio?

— Cubram os ouvidos!

As laterais do corpo de Ronca-Pança se expandiram enquanto ele inalava. O ronco era ensurdecedor, mesmo com os dedos enfiados nos ouvidos. Os soldados que restavam das tropas do meu pai levantaram a cabeça, mas ficaram firmes enquanto nos olhavam com as espadas erguidas e as cordas dos arcos retesadas. Os homens de Beltran ficaram surpresos, e eu vi medo no modo como os soldados da infantaria dele se aproximaram uns dos outros. Por um momento, os movimentos dos três dragões ficaram mais desajeitados, depois eles se viraram e vieram na nossa direção.

Quando Ronca-Pança voou mais alto, os três dragões laranja subiram para encontrá-lo, soltando chamas compridas antes de estarem ao alcance. Depois de ver nas Olimpíadas a que distância um dragão podia soltar fogo, achei que as chamas deles pareciam fracas.

— Cuidado! — gritou Eadric. — Aquelas chamas podem não machucar você, Ronca-Pança, mas nós podemos virar cinzas.

Balancei a cabeça.

— Acho que não, mas você pode fechar os olhos se quiser.

— Fechar os olhos? De que vai adiantar?

— Algumas vezes os olhos podem enganar a gente, ainda que o cérebro saiba a verdade.

Um instante depois as chamas dos dragões laranja nos alcançaram. Mas não senti nada, a não ser o sopro do vento no rosto enquanto Ronca-Pança batia as asas e subia mais.

— O que está acontecendo? — perguntou Eadric.

— Olhe e aprenda — falei, e recitei um feitiço rápido e fácil.

> Tudo que é falso
> Deve desaparecer.
> Porque não desejamos
> Mentiras para ver.

Os dragões laranja estremeceram, e um a um foram sumindo, sem deixar qualquer coisa indicando que tinham estado ali.

— Eles não eram reais — falei.

Um grito empolgado se ergueu das tropas de meu pai, ecoado por um gemido de desespero dos homens de Beltran. De repente um cavaleiro solitário se afastou das linhas inimigas, galopando para as árvores mais próximas. O mago de Beltran estava cravando as esporas na barriga do cavalo para que ele fosse mais rápido.

— Siga aquele homem — falei a Ronca-Pança, e num instante estávamos passando sobre a cabeça dos inimigos de papai. Ao chegar mais perto fiquei surpresa ao ver que o mago era careca e tinha rosto agradável; parecia-se um bocado com Velgordo. Como os três dragões, a aparência do mago era uma mentira.

Ronca-Pança estava quase diretamente sobre ele quando Velcareca se virou e olhou para cima. Eu estava muito longe para ouvir o que ele disse, mas vi suas mãos balançarem e subitamente uma pequena nuvem escura apareceu sobre nós. Um trovão rugiu nas entranhas da nuvem e um raio ziguezagueou pelo céu.

— Fiquem firmes! — gritou Ronca-Pança enquanto dobrava as asas e mergulhava. Eadric passou o braço em volta de mim e nós dois agarramos a crista do dragão, com os dedos brancos por causa da força. O primeiro raio nos errou, mas o segundo acertou a cauda do dragão, sacudindo-o. Ele mergulhou girando. O raio também tinha nos atordoado, e caímos de suas costas, incapazes de controlar os músculos para ficarmos seguros. Eu só conseguia ouvir o zumbido na cabeça, mas devo ter gritado, porque fiquei com a garganta áspera. Estava atordoada demais para pensar, quanto mais para recitar um feitiço, e Eadric e eu teríamos morrido se Ronca-Pança não tivesse voltado a si e batido as asas, surgindo abaixo de nós. Aparou-nos em seu crânio, um lugar encalombado e duro para pousarmos. Enquanto o ar saía dos meus pulmões, eu soube que teria hematomas durante dias.

Ainda que não conseguisse escutar, minha cabeça clareou enquanto Eadric me ajudava a voltar para o lugar certo no pescoço de Ronca-Pança. Percebi que, mesmo se encolhendo enquanto derramava chuva, a nuvem provavelmente tinha energia suficiente para soltar mais raios. Curvando-me para o pescoço do dragão, gritei:

— Você se importaria em esquentar aquela nuvem?

— Adoraria! — disse Ronca-Pança, e com um jorro de chamas transformou a nuvem em vapor, que rapidamente se dissipou no céu azul.

Antes que Velcareca pudesse usar sua magia contra nós de novo, apontei para ele e disse:

>Vá para a ilha de areia quente
>Onde a memória foi roubada.
>Fique lá até seu rei ter ido embora
>Com a ânsia de lutar encerrada.

Um minúsculo redemoinho surgiu sob os cascos do cavalo, crescendo até engolfar montaria e cavaleiro. Fiquei olhando o vento subir do chão e levar os dois para longe.

Quando Eadric falou, sua voz soou fraca nos meus ouvidos que ainda zumbiam:

— Parece que a luta começou sem nós.

Enquanto fugíamos da nuvem de tempestade, tínhamos voado sobre a floresta, deixando o campo de batalha para trás. Virei-me e vi que os arqueiros tinham lançado as primeiras saraivadas contra as fileiras inimigas. Homens já haviam caído, e outros caíram enquanto olhávamos, derrubados pelas pontas de ferro das flechas. Precisava fazer alguma coisa depressa. Vidas de pessoas corriam risco, e uma delas era a do meu pai.

— Tenho de parar com isso! — falei.

Ainda que Ronca-Pança circulasse acima do campo de batalha, ninguém no chão pareceu nos notar.

— Eu poderia fritá-los, se você quisesse — sugeriu o dragão, e sua barriga começou a roncar.

— Não. Não quero que você machuque ninguém.

Eadric deu um tapinha no meu ombro.

— Que magia a Bruxa Verde usava na tapeçaria? — perguntou ele. — Talvez você pudesse fazer alguma coisa daquele tipo.

— Não sei o que ela fazia. Terei de pensar em alguma coisa minha. Espere um minuto.

Uma imagem esquisita me saltou na cabeça. Não consegui deixar de rir, uma gargalhada que fez Ronca-Pança fungar uma chama azul e virar a cabeça para mim, surpreso. Era um riso alto, e eu sei que o som era estranho, mas não dava para controlar. Tinha tido a idéia mais maravilhosa, impossível e espantosa do mundo.

— O que há de tão engraçado? — perguntou Eadric quando comecei a me acalmar.

— Você vai ver — falei, enxugando as lágrimas. — Fique sentado e me dê espaço. Em primeiro lugar, preciso de um modo de fazer um feitiço. Apontar o dedo daqui não vai funcionar bem. Que tal isso? — Usei as mãos para moldar uma bola maior do que uma luz-das-bruxas. Mesmo não tendo pedido assim, a bola saiu verde. — Agora vou acrescentar o feitiço certo, e acho que este é perfeito.

> Estrangeiros querem roubar nossa terra,
> Levar o que possam pegar.
> Estão livres para partir, se forem agora.
> Desde que não queiram demorar.
>
> Se ficarem para esta guerra
> Terão de suportar meus atos.
> Enquanto estiverem em nossa terra,
> Viverão como sapos ou ratos.

— Você vai transformar um exército inteiro em sapos ou ratos? — perguntou Eadric.

— Não o exército *inteiro*. Só o bastante para eles entenderem. Ronca-Pança, poderia voar mais alto? Bem em cima do exército de Beltran seria ótimo.

Enquanto o dragão baixava fazendo uma curva, joguei a bola com o máximo de força possível, mirando o centro da linha de frente. A bola brilhou enquanto caía, e alguns soldados da retaguarda lançaram flechas, mas erraram. Ronca-Pança cuspiu fogo e transformou as flechas em cinzas antes que elas pudessem machucar alguém.

Quando a bola caiu no chão, explodiu numa chuva de gotas verdes. Os homens mais próximos desapareceram imediatamente, depois os que vinham em seguida nas fileiras também desapareceram. Os soldados de meu pai aplaudiram enquanto um círculo verde cada vez mais amplo devastava as linhas de frente. Parecia que os homens de Beltran tinham simplesmente desaparecido.

Somente quando os soldados atrás deles apontaram para o chão e começaram a pular como se tivessem enlouquecido subitamente é que eu soube que o feitiço havia funcionado. Ronca-Pança voou mais baixo, e vi que o chão estava apinhado de ratos marrons. Ainda que a cor dos sapos se confundisse com a magia verde que se espalhava, pensei ter visto alguns deles também.

— Bom! — falei. — Agora vamos falar com o rei Beltran.

— O rei deve escutar melhor se você for armada — alertou Eadric.

Assenti e repeti o feitiço rapidamente, fazendo outra bola verde.

Ronca-Pança bateu as asas, criando um vento que derrubou mais de meia dúzia de soldados de infantaria. Os arqueiros levantaram suas armas, mas ele os ignorou e passou por cima do exército antes que eles pudessem lançar alguma flecha.

O barulho de armaduras ressoou quando os cavaleiros se viraram para nos encarar, mas Ronca-Pança começou a soprar fumaça no momento em que pousou, e os cavaleiros pareceram relutantes em enfrentar um dragão. Eu só podia ver um pedacinho do rosto do rei por trás do elmo, já que o metal descia abaixo da sobrancelha e uma peça vertical cobria o nariz. Era um homem velho com barba curta e lábios finos, e seus olhos eram duas manchas escuras no rosto empalidecido. Jorge estava montado perto dele, com os cabelos louros e encaracolados aparecendo por baixo do elmo, os olhos azuis profundos me olhando com desdém.

— Rei Beltran — anunciei. — Eu sou a Bruxa Verde, protetora de Grande Verdor. Exijo que deixe nossas terras imediatamente.

Os cavaleiros montados murmuraram, com os animais se remexendo inquietos, mas o rei levantou a mão e as vozes se calaram.

— Se partirem agora — falei —, poderão ir para casa, mas cada homem que ficar será transformado em sapo ou rato.

— E os homens já transformados? — perguntou o rei.

— Leve-os. Vão virar homens de novo assim que atravessarem a fronteira para o seu reino.

— Não acredite, papai — disse o príncipe Jorge. — Essa é Emeralda, a princesa com quem o senhor insistiu em que me casasse. Eu vi a Bruxa Verde, e ela é mais velha do que essa garota.

— Olá, Jorge — falei.

— Para você eu sou "sua alteza" — disse ele com as narinas se alargando. — Você teve sorte porque eu estava disposto a me casar, mas foi burra demais para perceber isso. Esse é o plebeu que a roubou?

— Não sou plebeu e não a roubei. — Eadric estava indignado. — Sou tão príncipe quanto você, Jorge, e saiba que vou me casar com Emma.

Jorge tirou o elmo.

— Príncipe Eadric, não é? Achei que você me era familiar. Onde conseguiu um dragão? Imagino que não gostaria de vendê-lo, não é? Eu ficaria maravilhoso montado numa fera assim.

A barriga de Ronca-Pança trovejou e saiu fumaça de suas narinas.

— Os dragões não podem ser vendidos! — falei, e os músculos dele se retesaram embaixo de mim.

— Então não temos mais o que conversar — disse Jorge, pondo o elmo de novo.

— Você ainda pode se casar com ele, garota — disse o rei Beltran. — Se seu pai me der terras suficientes, estarei disposto a esquecer suas tolices.

— Eu não quis casar com seu filho antes e com certeza não quero casar com ele agora. É melhor irem embora e nunca mais voltarem. Estou vigiando este reino, e vocês não são bem-vindos aqui!

— Sei — respondeu o rei. — Então você não me deixa escolha senão usar a força para convencê-la.

Virando-se para os cavaleiros que estavam atrás, Beltran levantou a cabeça e assentiu. Sem se incomodar em nos olhar de novo, o rei e seu filho trotaram para a floresta. Assim que ele estava fora do caminho, seus cavaleiros levantaram as espadas e instigaram os cavalos.

— Eu gostaria de ter trazido Fred, mas quando fomos para o pântano não achei que precisaria dele — disse Eadric.

— Tudo bem. Desta vez eu é que estou armada. Esses sujeitos parecem não acreditar em magia a não ser quando acontece com eles. Acho que terei de lhes dar um gostinho. Ronca-Pança, acho que a coisa terá mais impacto se for feita do ar.

Fungando de novo, o dragão bateu as asas e nós subimos acima da cabeça dos soldados, fazendo os cavalos empinarem. Alguns cavaleiros escorregaram para o chão, onde ficaram lutando sob o peso das armaduras. Não tínhamos ido longe quando os arqueiros começaram a disparar, por isso não hesitei antes de lançar a bola seguinte. Ela pousou no meio dos cavaleiros, e fiquei satisfeita em ver que não afetou os cavalos, mas os homens desapareceram nas profundezas das armaduras.

O rei Beltran e o príncipe Jorge já haviam saído do alcance da minha arma e estavam fugindo pelo campo quando Ronca-Pança voou atrás deles.

— E vocês? — gritei, enquanto moldava outra bola verde.

— Nós vamos embora! — gritou o rei. — Só nos deixe em paz e deixe que juntemos os homens!

— Muito bem — respondi. — Vocês têm uma hora para recolher seus soldados. — Pousando a bola entre os espinhos da crista de Ronca-Pança, recostei-me em Eadric enquanto as asas enormes do dragão nos levavam mais alto.

— Devo levá-los para casa agora? — perguntou Ronca-Pança, circulando acima dos soldados que restavam.

— Ainda não, se não se importar. Acho melhor ficarmos e garantir que eles realmente vão embora. É preciso falar com meu pai. Tenho certeza que ele gostará de saber o que aconteceu.

Estávamos mais alto do que as copas das árvores quando Eadric e eu nos inclinamos para ver os soldados que corriam de um lado para o outro, recolhendo sapos e ratos em seus elmos e escudos.

— Fico imaginando quantos conseguirão mesmo voltar para casa — disse Eadric.

Dei de ombros.

— Não sei, mas a vida como sapo não é muito ruim. — Em seguida me virei para encará-lo. — Desculpe se algumas vezes nem perguntei sua opinião. Arrastei você para algumas dificuldades medonhas, mas você me ajudou mais do que eu acharia possível. Estou agradecida por tudo que fez.

— O bastante para me dar um beijo?

— Mmm... — disse. O beijo foi longo e terno, e eu adorei cada segundo.

Depois de um tempo, Eadric se afastou para murmurar:

— Você está errada em relação a uma coisa. Aquilo foram aventuras, não dificuldades. Eu gosto de aventuras, e talvez seja um dos motivos pelos quais sou louco por você. Quando você está por perto, nunca sei o que vai acontecer em seguida!